私を大嫌いと言った初恋御曹司が、白い結婚なのに最愛妻として蕩かしてきます

m a r m a l a d e b u n k o

黒乃　梓

マーマレード文庫

目次

私を大嫌いと言った初恋御曹司が、白い結婚なのに最愛妻として蕩かしてきます

プロローグ…………6
第一章　予期せぬ再会と突然の求婚…………9
第二章　夫婦になった私たちの
たったひとつの決まりごと…………74
第三章　募る想いと大嫌いの裏側…………157
第四章　自分で選んだあなたとの未来…………230
エピローグ…………286
番外編　欲しくて愛しくて譲れない君を―史章Side―…293

あとがき……………………………………315

私を大嫌いと言った初恋御曹司が、白い結婚なのに最愛妻として蕩かしてきます

プロローグ

大きい手のひらが頬に添わされ、反射的に体がびくりと震える。

「茅乃《かやの》」

低く艶っぽい声と射貫くような眼差しに、心臓が跳ねた。

いつもワックスで整えられている黒髪は、今は無造作に乱れて、前髪の間から覗く漆黒の瞳は昔から変わらない。

出会ってもうすぐ十年になろうとしているのに、彼のこんな表情は初めてだ。愛おしそうに名前を呼ばれるのも。だから、戸惑いが隠せない。

そんな私の心中を知ってか知らずか、まるで大切なものを扱うように彼は私に触れていく。

もっと機械的な、義務的なものを予想していたのに、甘い疼きを与えられ、思わず声が漏れそうになった。

「んっ」

ぎゅっと唇を噛みしめ、声を抑える。粗相をするわけにいかない。

ちゃんと妻としての役割を果たさないと――。

身を固くしていたら、不意に彼の親指が私の下唇を撫で、驚きで目を見開いた。

「そんな顔をするな。今は俺のことだけを考えてろ」

切なげな彼の表情に、目が逸らせない。対する私は今、どんな顔をしているんだろう。言われなくても私の心はさっきから彼のことでいっぱいだ。

史章《ふみあき》さんは……違うの？

目が合ったまま瞬《まばた》きひとつできずにいる私の目尻に、そっと唇が寄せられた。続けて頭を優しく撫でられる。その手の薬指には真新しい指輪がはめられていて、私の左手の薬指にも同じデザインのものがはめられていた。

私と彼が夫婦だという証。それなのに私たちは――。

「大丈夫だ。なにも心配しなくていい」

安心させるような声色に視界が滲んでいく。額、頬、鼻の頭に軽く口づけが落とされ、それを受け入れながら少しだけ気持ちが落ち着いていった。

けれどこうして体を重ねようとしても、唇はけっして重ねない。

『……キスはしなくていいと思います』

私からそう言って、彼も納得した。だから、彼とのキスはあの一回だけだ。

彼がわからない。本当は彼のことをなにも知らない。
ただひとつだけ、知っている。
彼は私が嫌い――私のことが大嫌いなんだ。

第一章　予期せぬ再会と突然の求婚

「まぁ。茅乃ちゃん。ちょっと見ない間にまた綺麗になって。お着物、とてもよく似合っているわ」

「祐子《ゆうこ》さん、ありがとうございます」

深々と頭を下げ、年配の夫人にお礼を告げる。私が身にまとっている振袖は、手描き友禅に刺繍、金彩《きんだみ》などが施された高級なものだ。鉄紺の正絹生地に牡丹が咲き誇り月もあしらわれている。

〝令月会《れいげつかい》〟

この会合に合わせたものなのは、関係者からは一目瞭然だ。ここは旧華族である月《つき》ケ華《がはな》家の縁者が一堂に会する特別な場だった。

年が明け、新年の挨拶という名目で今日の会は開かれている。

月ヶ華茅乃、二ヶ月後で二十五歳になる。下ろすと背中につくほどの長い髪は生まれてこの方一度も染めたことがない。父に罵られるのが嫌で、手入れは欠かさず、常にまとめていた。

身長は百五十四センチと平均的な日本人女性の身長を下回り、さらに目は大きいけれど目元や輪郭が丸みを帯びているせいか、実年齢より幼く見られてしまう。なんとなくおっとりした頼りない印象を抱かれることが多いので、極力、こういう場では唇を引き締め、笑みは浮かべつつ上品さを意識している。今もそうだ。

この会合には幼い頃から参加しているので、私としては、親戚に顔を合わせるかのような感覚だ。

月ヶ華家は平安末期から続く公家華族のひとつだ。清華《せいが》家として時の政治に大きな影響を与えるほどの権力を持った家格で、明治になると侯爵に叙せられ、元老院に終身議官として任じられた。華族制度がなくなってからも本家をはじめ月ヶ華の名前と縁で今も政財界共に多くの人材を輩出している。

結びつきは強く、自分たちの家柄に誇りを持っていた。月ヶ華家の家紋は月に七曜を組み合わせ、会の名前はそこに由来している。

「お仕事はどう？　たしか錦《にしき》食品に勤めていたわよね？」

「はい。二年目になりますが、海外製品開発部門で働いています」

大学で企業の食品に関する衛生管理や法律などを学んだ私は、卒業と同時に管理栄養士の資格を取得し、内定していた錦食品へ就職した。

「まだまだ一人前には程遠いですけれど」

「茅乃ちゃんは真面目ね。女の子なんだからいいのよ。……そういえば聞いたわよ。鹿島《かしま》さんのところの幸太郎《こうたろう》さんとついに縁談がまとまりそうなんでしょう？」

にこやかに話題を振られ、返答の仕方に迷う。

「鹿島家は元男爵ですが、造船業がアジアに進出して上手くいっていますからね。月ヶ華家の相手としては分不相応なところがあるでしょうが、茅乃の相手としては妥当なところでしょう」

背後から現れ、早口に答えたのは私の父だった。反射的に顔が強張る。

「うちには千萱《ちがや》がいますし、茅乃は母親に似て出来が悪く月ヶ華家の人間としては未熟ですから、もらってくれる相手がいるだけ感謝しないと」

「まぁ」

祐子さんは困惑気味に眉尻を下げる。

「茅乃ちゃんは立派なお嬢さんよ。茅乃ちゃんの結婚の日取りが正式に決まったらぜひお知らせくださいね」

「もちろんですよ」

祐子さんは逃げるように他の参加者のところに向かう。

「あんな世辞、真に受けるなよ。お前みたいな愚図は結婚することでしか月ヶ華家のためにならないんだ」

「はい」

小声で吐き捨てる父に小さく頷く。

「そもそも勝手に就職を決めよって。おとなしくうちにしておけばよかったものを、他で無能ぶりを発揮してどうするんだ。お前のせいで月ヶ華の評判を落とすことになったら、どうしてくれる」

この会合に参加する人たちも月ヶ華の人間ではあるが、父は現当主の息子という立場にあり、ゆくゆくは次期当主となる。それゆえに父はあまりにも月ヶ華家の家柄に誇りを持ちすぎていて、他者を見下す傾向にあった。その矛先は自身の娘である私にも向けられていた。

跡継ぎを切望していた父は、私が生まれたとき女児というだけで母を罵り、すぐにふたり目を望んだそうだ。しかし母は男児どころか、なかなか妊娠できず――ふたり目を授かる前に病に倒れ、そのまま息を引き取った。

残された私は、役立たずだと常に罵られ、可愛がられた記憶などない。

七歳になる頃に母が亡くなり、喪が明けぬうちに父が新しい妻を迎え、その妻には息子がいた。

彼が父の子だと聞かされたときは、すぐに意味が理解できなかった。だって彼は私とふたつしか年が違わない。つまり父は母が床に臥せたあと、いやその前から別の女性と関係があったのだ。

父を憎く思う一方で、子どもの私にはなにもできない。父も継母も異母弟を可愛がり、私に対する冷遇にさらに拍車がかかった。それでも父がこうして私を連れて令月会に顔を出すのは、体面を保ち虚栄心を満たすためだ。

先に帰っていいと父から言われ、私はそっと会場を抜け出す。

「守男《もりお》さんも必死だな。茅乃さんを鹿島家に嫁がせるのも、自分の事業のためなんだろう？」

「順調だ、なんて言っているけれど業界では月ヶ華製網船具が業績低迷しているなんて周知の事実だ。鹿島家には頭を下げて茅乃さんを嫁にもらってもらう立場だろうに」

会場の外にいた男性ふたりの会話が聞こえてきて、慌てて身を隠した。

ふたりの話している内容は概ね事実だ。父は漁業資材メーカーを経営しているが、業績は芳しくない。漁業の衰退が原因だと父はこぼしていたが、それだけではないと思う。父の社員や取引先に対する威圧的な態度が、どう取り繕っても見え透いてしまい、客足を遠ざけているのではないか。

父の計らいにより、私が結婚する相手は鹿島幸太郎さん。同じく旧華族であり、私よりふたつ年上で鹿島造船の後継者だ。

鹿島造船は父の言う通り、取引先を国内から国外に向け、アジア主要国を取引相手に業績を伸ばしている。

幼い頃に私たちの婚約は両家で取り交わされ、当時は鹿島家に月ヶ華家はもったいないと言われたらしい。しかし今では先ほどの男性たちが話していた通り立場は逆転し、月ヶ華製網船具は鹿島造船の助けなしには生き延びられない状況にある。

けれどどんな背景でも関係ない。幸太郎さんとは子どものときから交流があり、高校が同じだった。だから婚約者としてお互いに気持ちは固まっている。

「今はなんといっても宮水《みやみず》海運がトップだろう。幕末に一代で事業を築いた宮水財閥を代表する事業はまさに世界規模だ」

そこで聞こえてきた内容に硬直する。

「あそこは跡継ぎもしっかりいるし、羨ましい限りだ。名ばかりの旧華族よりよっぽどいい……そういえば、喜久子《きくこ》さま、まだ入院しているのか？」

話にひと区切りついた途端、別の話題に移る。

「ああ。喜久子さまは年齢を感じさせない気品と知性があって素晴らしい方だ。だが、息子がなぁ」

「言ってやるなよ」

男性たちは再び会場へ戻っていく。私は足早に建物の外に出て、タクシーを拾った。

月末に幸太郎さんと結納を交わし、私は彼と結婚する。

父は私が大学を出てすぐにでも結婚してほしかったようだが、幸太郎さんが一人前になってからという理由で先延ばしになった。一刻も早く鹿島造船からの援助が欲しかった父は私に八つ当たりし、溜飲を下げていた。それもやっと解放される。

どうしてだろう。物心ついたときから幸太郎さんと結婚すると言われていて、私も彼以外と結婚なんて考えられない……はずなのに。

『茅乃、彼は宮水財閥の宮水史章。次男だから正統な後継者じゃないけどね』

そんなふうに幸太郎さんから紹介された彼は端整な顔立ちでにこりともせず、真っ直ぐにこちらを見た。

冷たいのに火傷しそうな強い眼差し。けっして逸らせない目が今でも忘れられない。

あのときは、その場限りだと思った。彼との縁は、これ以上はない。もう会わないだろう。

そう思ったのに――。

『とにかく、どんなときでも美味しいものを食べて元気を出さないとね!』

『おい』

背後から声をかけられ驚いて振り向いたら、不機嫌そうな彼が私を見下ろしていた。

その顔も声も、今でもはっきり覚えている。

そこで私は我に返った。なにを思い出しているんだろう。彼とはもう何年も会っていないのに。

思考を切り替え、スマホをチェックする。幸太郎さんからの連絡は、社会人になってからほぼない。ふたりで会う機会だって……。

それでも私は彼と結婚する。彼だってそのつもりのはずだ。


月末の大安の日曜日、結納の日がやってきた。場所は幸月楼《こうげつろう》という有名な料亭の一室だ。私は父と継母と共に先方がやって来るのを待つ。

天気もよく、日本庭園が見える部屋は祝いの席にはぴったりだ。

「お前みたいな取り柄のない娘は、月ヶ華家の名前くらいしか価値はないんだ。相手にとってもそうだろう。せいぜい夫を立てて機嫌を取っておけ」

「はい」

隣に座ってふんぞり返っている父が吐き捨てる。その横でグレイッシュパープルのフォーマルワンピースを着ている継母が小さく笑った。

「どうかしらねぇ。あなた気が利かないもの。出戻りなんてやめてよ、あなたの居場所なんてないんだから」

正確には父が継母と結婚した日から、あの家に私の居場所などない。

血のつながらない継母はともかく、父にとってもこの結婚はあくまでも会社のためのもので、娘を祝う気持ちなど微塵もない。むしろ父も継母も、ここまで育てた恩を私が返すのは当然だと思っている。

決められてばかりの人生だけれど、その中で私は幸せになる。母とも約束した。幸太郎さんとも互いに寄り添える夫婦になってみせる。

先日の令月会よりも上等な着物を身にまとい、美容院できっちり髪も整え化粧も施された。豪華な装いに負けないよう背筋を伸ばし、感情を顔には出さない。

午前十一時三十五分——約束の時間からすでに三十分が経過したが、鹿島家の誰も現れる気配がない。連絡もなく、もっというなら、昨日送ったメッセージにも返事はなかった。

なにかあったのだろうか。事故とか？　鹿島家に一度電話してみるべきか。

「鹿島家ごときが、この月ヶ華家を待たすとは……」

ぶつぶつと呟く父の不満や苛立ちが空気や仕草で伝わってくる。まるで私が悪いと追い立てられているようで、胸が痛い。

幸太郎さん、どうしたの？

不安で涙が滲みそうになったそのとき、部屋の引き戸がそっと開けられた。全員の意識が同時にそちらに向く。

現れたのは幸太郎さんのお父さまだった。安堵したのも束の間、彼に続くはずの幸太郎さんの姿はなく、その表情はどうも暗い。

「まことに申し訳ありません」

どうしたのかと尋ねる前に、幸太郎さんのお父さまは深々と頭を下げた。

「息子はこちらには参りません。勝手な話ではありますが、幸太郎と茅乃さんとの婚約を解消させてください」

突然の申し出に私の頭は真っ白になる。

婚約を解消って……。

「ふざけるなっ！　誰にものを言っているのかわかっているのか？　月ヶ華家相手にそんなふざけた真似を――」

「まことに申し訳ありません。すべては愚息が招いた事態。茅乃さんにも月ヶ華家にも、なにも落ち度はありません。私の不徳の致すところにあります。できる限りの償いと誠意はお見せします」

頭を下げているので顔は見えないが、幸太郎さんのお父さまがこの状況を本気で申し訳ないと思っているのが伝わってくる。父は怒りで体を震わせていた。

「帰れ！　もう二度と顔を見せるな！　お前もお前の息子もだ！　この月ヶ華家への仕打ち、末代までの恥として後悔することになると肝に銘じておけ！」

父の言葉に、幸太郎さんのお父さまはしばらく頭を下げ続けたあと、静かにその場を去っていった。

「冗談じゃない！　鹿島め！　男爵風情が月ヶ華家をこけにしおって！」

父が机を思いっきり叩き、激昂する。その顔は真っ赤で、まさに鬼の形相だ。大きい声に体が震える。

「あなたがなにかしたんじゃないの？　鹿島がこんな真似をするなんて」

継母が非難めいた口調で尋ねてくる。彼女もこの事態に動揺しているらしい。私を責める継母に続き、目を血走らせた父の視線が私に向けられる。

「どういうことだ、茅乃。お前が婚約者としてあまりにも至らず、相手の機嫌を損ねてこんな結果になったんじゃないか？」

「い、いいえ。私は精いっぱい」

「口答えするな！」

最後まで言わせてもらえず、父の怒号に肩を縮める。父は立ち上がり、私を睨みつけた。

「月ヶ華製網船具を潰す気か？　私の顔に泥を塗った挙げ句、育ててもらった恩を仇で返すこの愚図め」

勢いのまま父の手が振り上げられる。

「この役立たずが！」

殴られる――。

よけることができず、目をつむって痛みと衝撃を覚悟する。

「けれど予想していたことはなにも起こらず、おそるおそる目を開けると、思わぬ光景が視界に飛び込んできた。

「な、なんなんだお前。なにをする!?」

振り上げた父の腕を掴み、スーツを着た男性が冷たい瞳で父を見下ろしている。その人物に私は目を疑った。

「それはこちらのセリフだ。責めるべきは鹿島であり、娘を罵ってそのうえ手を上げようなんて、これが月ヶ華家のやり方か？」

「うるさい！　お前には関係ないだろ」

冷静な彼の声とは対照的に父の金切り声が響く。これは夢なのか。現実に頭がついていかない。

「関係ありますよ」

そのとき、不敵な笑みを浮かべた彼と目が合い、心臓が跳ね上がった。

「彼女との結婚を希望します。そのために今日ここに来ました」

結、婚——？

信じられない言葉が彼の口から飛び出す。

それは父も継母も同じらしい。目が点になっている継母の横で、父は顔を歪ませながら嘲笑する。

「はっ。こいつと？　そもそもお前、誰なんだ？」

「申し遅れました。宮水史章と申します」

彼が名乗った瞬間、わずかに父の顔に動揺が走った。先に継母が口を開く。

「宮水って宮水財閥の……」

「ええ。今は宮水海運の代表取締役副社長をしています」

「なんのつもりだ？　お前は次男で、宮水海運は、長男が継ぐんだろう？」

宮水財閥の名に圧倒される継母とは違い、父は彼に食ってかかる。

ああ。父はそういう観点でしか相手を見られないんだ。

さらに父は続ける。

「そうか。会社が継げないからって、せめて月ヶ華家と縁を持とうという魂胆か。安く見られたものだが、娘は出来損ないでも月ヶ華家の血を引いているからな」

「お父さま！」

私はともかく彼に対して失礼だ。口を挟んだ私を父は睨みつけ、その口が動く前に彼が答える。

「勘違いされているようですが……宮水海運を継ぐのは兄ではなく私ですよ」

涼しげな顔に嘘偽りはなく、失礼ながら私も驚いてしまった。

だって、お兄さんが跡を継ぐと彼本人も言っていたから。

「なっ……馬鹿な」

「嘘だと思うなら父に、代表にどうぞ確認してみてください。結婚を認めてくださるなら、月ヶ華製網船具に対して宮水海運が資本提携させていただきますが」

おそらく彼は、この結婚の……鹿島家との縁談の本当の目的を知っているのだ。

とはいえ、彼のとる行動の意味が理解できない。

「月ヶ華も鹿島も立派な家柄ですが、宮水の名も悪くはないと思います。どうします？　この話を断って今から鹿島に頭を下げに行きますか？」

挑発的な物言いに父が言葉を詰まらせる。

宮水財閥は幕末に商人だった創業者の宮水浩一郎《こういちろう》が海運業で財を成し、明治に急成長を遂げ政商の地位を確立した。創業家の中で経営の代表者が受け継がれ、今では誰もが知る大財閥だ。

旧華族の月ヶ華や鹿島より、宮水海運をはじめとする宮水財閥を率いる宮水家の方が、世界的にもはるかに名を馳せ、影響力を持っている。

それがわからないほど父も鈍くはない。

「本当に月ヶ華製網船具を支援するつもりなんだろうな」

「ええ。お約束します」

悔しそうに父は尋ねた。彼の返答を聞いて、再度私に視線を向ける。

「物好きなやつだな。こんな娘でよかったら好きにしたらいい！」

吐き捨てて父は部屋を出ていこうとする。その背中に、彼が声をかける。

「ああ、それからひとつ。結婚したら彼女は私の妻になる。今後は言葉や態度に十分に気をつけてください。今まであなたが娘にしていた仕打ちを、令月会の面々に話してもいいんですよ？」

父は眉間に皺を寄せ彼を睨みつけるが、なにも言わず乱暴に扉を開けた。継母は慌てて父に続いて席を立つ。

廊下に出て帰ろうとする父と継母に、仲居さんが何事かと駆け寄っているのが気配から伝わってきた。

私は父のあとを追うこともできず、呆然とするしかない。急に静かになった部屋には、私と彼だけになった。

「大丈夫か？」

「あ、はい……」

突然声をかけられ、戸惑いながらも答える。なにか、なにか言わなければと思うのに、上手く言葉が出ない。

「あの、どうしてこちらへ？」

尋ねてからすぐに愚問だと気づく。彼がここにいる理由はひとつしかない。

「幸太郎さんから……なにか連絡があったんですか？」

彼は幸太郎さんの友人だ。もしかすると私との結婚について幸太郎さんが彼になにか話していたのかもしれない。

私の問いかけに彼は眉根を寄せた。

「なにも思わないのか？」

「え？」

ところが彼からは答えではなく、別の質問を投げかけられる。

「結婚を約束していた男にこんな無礼な真似をされて」

どこか彼が怒っているように見えるのは気のせいか。指摘され、改めて自分の気持ちに向き合う。

「幸太郎さんや彼のご家族の誰かが事故にあったとかではなくてよかったです」

最悪の状況を想定していたので、それが外れたことにはホッとした。続けて現況をやっと理解する。

そうか。私、結婚がだめになったんだ。振られた……んだよね。

胸の痛みを誤魔化して笑顔を作る。

「ショックがないと言ったら嘘になります。でも……幸太郎さんの気持ちが結婚に……私に向いていないのは薄々と感じていましたから……それが正式に通達されたんだなって」

父にはとても言えなかったが、どこかでこうなることを予想していた自分もいる。連絡しても返事がなく、あってもすごく遅いのは、幸太郎さんは忙しいからだと言い聞かせてきた。文句や不満など言えない。婚約者といっても親が決めたもので、父はこちらの立場が上だと言っていたが、実際は違う。

ずっと、私は結婚〝してもらう〟立場だった。そして私は選ばれなかったのだ。

どうして私はいつも――。

『この役立たずが！』

視界がじんわりと滲みそうになるのを、目を見開いて必死に堪える。

結婚がなくなったことに対して、幸太郎さんの気持ちが離れた事実よりも、価値がないと示された気がして、傷ついている。そんな自分に嫌気がさす。縁談がだめになったのも当然だ。

「改めて言う。俺が結婚を申し込む」

沈みそうになる思考を、凛とした声が現実に引き戻す。彼は真っ直ぐに私を見つめていた。

しばし間が空き、震える声で尋ねる。

「なに……言ってるんですか？」

「そのためにここに来たって言っただろ」

先ほどの父とのやりとりで、たしかに彼はそんな話をしていたが、素直に受け取るほど私も馬鹿じゃない。

「い、意味がわかりません」

彼にとって私と結婚するメリットはなにがあるのか。

もしかして、捨てられた私を憐れに思っている？　出会ったときから彼にとって私は、幸太郎さんの婚約者だったから。

「私に同情してくださったのなら――」

「あいにく、同情で結婚するほど俺はお人好しでもなければ、偽善的でもない」

私の言葉を遮り彼は冷たく言い放つ。たしかにそんなタイプには思えない。だったら、なぜ私と――？

「月ヶ華家とつながりが持てるのは悪くない」

冷水を浴びせられた気分だった。一方で、彼が私と結婚する理由は、それくらいしかないのだから、当然と言えば当然だ。

幸太郎さんとも、元はといえば家同士の結びつきがあっての縁談だった。彼だって同じだろう。

「そう言えば納得して俺と結婚するのか？」

しかし続けられた問いかけに目を瞠る。じっとこちらを見つめてくる彼の瞳に声が出ず、答えられない。

彼はなにを考えているの？

「あの」

引き戸の方を見たら仲居さんが気まずそうにこちらをうかがっていた。

「お話し中、申し訳ありません。お食事はいかがしましょうか？」

食事会を兼ねた結納の席だったので、料亭としては当然こちらの予約通り食事の準備をしているはずだ。とはいえ父も継母もいないし、幸太郎さん側も来ない。

答えようとした瞬間、彼の口が動く。

「二名分になりますが、用意していただいてかまいませんか？」

彼の回答に、心なしか仲居さんはホッとした顔を見せた。

「もちろんです、すぐにご用意しますね」

とはいえ私の意思は無視なのか。つい彼に視線を送ると目が合った。

「食べるだろ？」

「食べ、ますけど」

さも当たり前のように進められるが、どうも納得できない。

「どんなときでも、美味しいものを食べて元気を出すんじゃないのか？」

彼の言葉に目をぱちくりとさせる。

ああ、もう。どうしてそんなことは覚えているのか。

「そ、それもありますけれど、料理してくださった方のお気持ちや、食材を無駄にさせるわけにはいきませんから」

けっして食い意地だけで言っているわけではないと、小さな声で補足して彼を見る。

あきれられるかと思ったが、どういうわけか彼は小さく微笑んだ。

予想外の反応につい目を逸らす。もしかすると見間違いだったかもしれない。それなのに心臓が激しく脈打つ。

彼は卓を挟んで私の正面に、幸太郎さんが座るはずだった位置に腰を落とした。

いつまでもうつむいたままではいられず、そっと顔を上げる。

整った顔立ちと大きいけれどやや釣り上がった目は、どこか冷たくて怖そうな印象を与える。艶のある黒髪を軽くワックスで整え、皺も弛みもまったくない高級スーツをしっかりと着こなしている姿は、宮水海運の次期代表に相応しい貫禄がある。

ふたつ年上とは思えないほど彼が大人に見える。

初めて出会ったときはお互いに制服だったのに――。

※　※　※

私立志燎《しりょう》学園――名の知れた家の者が多く通う中高一貫校で、質の高い授業と充実した設備は評価が高く、文武両道で在校生はもちろん卒業生も各方面で活躍し、全国的にも有名な学校だ。

受験倍率は高く、家柄は関係なく厳しい試験をクリアする必要があり、母の母校でもあったので絶対に入学したかった。なによりここには先に〝彼〟がいたから。

鹿島幸太郎さん。『お前が結婚する相手だ』と父に紹介され、何度か顔を合わせたことがある。

『初めまして。鹿島幸太郎です』

明るくて、優しそうな雰囲気。恋に落ちる感覚はなかったけれど、素敵な人だと思った。私は彼と結婚するんだ――。

「茅乃、入学おめでとう。しっかり学校生活を楽しむといいよ」

「はい。ありがとうございます」

真っ新のセーラー服を身にまとい、先輩となった幸太郎さんに挨拶に行く。学ランを着た彼とたった一年でも同じ学び舎で過ごせるのは嬉しい。この一年で彼との距離を少しでも縮めたいと思っていた。

婚約者とは名ばかりで、何度か親も交えて会ったものの私は幸太郎さんについてほとんど知らない。友達どころか知り合いと呼べるかも実はあやしかったりするほどだ。でも結婚をするのなら、彼のことをちゃんと知っていきたい。

迷惑かもしれないと思いながらも、自分の想いを懸命に伝える。

「なら、昼休みは一緒に過ごそうか。北校舎裏のベンチがあるところに、都合がついたら向かうから」

「あ、ありがとうございます!」

彼の提案に、嬉しくて顔がほころぶ。幸太郎さんも婚約者として私に歩み寄ろうとしてくれているんだ。

そして緊張と楽しみが入り混じる中、昼休みを迎え、私は急いで北校舎裏へ向かった。

緑豊かな学園の裏庭にも当たる場所で、季節的に過ごしやすいが人の気配はない。ベンチに腰を下ろし、青々と茂る葉の間から差し込む光に、つい目を細める。

手持ち無沙汰になった私は、きょろきょろと辺りを見回した。ベンチのうしろにある大きな窓の中を覗くと、グランドピアノが目に入る。

ピアノ……。

中には誰もいない。時計を確認し、しばし悩んだ末、回り込んで北校舎の中に入った。目指すは第三音楽室だ。他の教室よりも厚めの扉を開けると、大きなピアノと五線譜の描かれた黒板が目に入る。白い長椅子と長机、小さな講堂みたいな造りだ。

左に視線をやると、大きな窓から新緑が風に揺らめいていた。さっき、あそこに立ち、部屋の中を見ていたのだ。

これなら幸太郎さんが来たらすぐにわかるよね。

自分に言い聞かせる。音楽の授業や部活動などは防音壁が完備されている第一、第二音楽室をメインで使っているので、ここは今、ほとんど使われていない。

そっとピアノに近づき腰を落とした。鍵がかかっているかもしれない、という不安をよそに鍵盤蓋に手を掛ける。鍵はかかっておらず、慎重に開けると白と黒の馴染みある並びが視界に飛び込んできた。

懐かしい光景にドキリとする。音楽の授業でピアノを見て音を聞く機会は多少あったけれど、こうしてピアノに正面から触れるのは久しぶりだ。

私はおもむろに鍵盤に指を置いた。

ぎこちない指さばきと連動して、滑らかとは言いがたい音を紡いでいく。

『茅乃』

不意に母の優しい声と姿がよみがえり、泣き出しそうになった。

「へたくそ」

そのとき、突然聞こえた声に心臓が跳ね上がる。

「え？」

指を止め、耳を疑って周りを見たら、斜め前にある長椅子から男子生徒が上半身を起こした。寝ていたのか、不機嫌そうな面持ちでこちらを見てくる。

艶のある黒髪は癖ひとつついておらず、ぱっと見て目を引く端整な顔立ち。雰囲気からして上級生だろう。わずかに釣り上がった大きい目に真っ直ぐに見据えられ、息を呑む。

「ご、ごめんなさい。誰もいないと思っていたので……失礼しました」

勢いよく立ち上がり、頭を下げる。勝手にピアノを弾き始め、さらには彼の言う通りお世辞にも上手とはいえない演奏を聞かせてしまった。穴があったら入りたい。羞恥心でうつむき気味になる。

「子守歌で起こされるなんて笑い種《ぐさ》だな」

けれど彼の発言に、頭を上げて目を瞠る。

「この曲、知っているんですか？」

思わず問いかけた。聞いただけで曲名がわかるほど有名な曲ではない。ましてや私のたどたどしい演奏で、確信めいた言い方をするなんて……。

「『ブラームスの子守歌』ですよね。母がよく弾いてくれていたのを耳と見様見真似で覚えただけなので……」

たどたどしく言い訳する。母はピアノが上手で、幼いときから家でよく弾いて聞かせてくれた。おかげで自然とピアノに興味を持ち、物心がつく頃には、自分も弾いてみたいと母にせがんでいた。触れる鍵盤は予想以上に固くて重い。けれど母にピアノを教わり、すぐに夢中になった。

そして母がたびたび弾いていたのがこの曲だったのだ。

『茅乃がよく眠れるように。子守歌よ』

『子守歌？』

耳に心地よく、そう言われるとどこか眠気を誘うメロディーだ。

『そう。ブラームスの子守歌。茅乃がもっともっと上手になったら、お母さんの楽譜をあげるわ』

その約束を果たす前に母は倒れ、入院を余儀なくされた。どうやら体の調子が悪いのをずっと無理していたらしい。父に頼んで何度もお見舞いに訪れたが、ついに母は帰らぬ人となった。

「楽譜は簡単に手に入るだろ。もう少しまともに弾けるように練習するんだな」

彼はどこかあきれたような表情だ。はい、と答えようとして口をつぐむ。

「家の……母のピアノはもうないので、練習は難しいかもしれません」

母が亡くなったあと、父が一方的に処分してしまったのだ。母のピアノは変わっていた。白くとても綺麗で、鍵盤蓋には金色で母の名前が刻まれている。特注品のグランドピアノで他にはないものだと母から聞いていた。嫁入り道具として大事にしていたのを知っているから、取り戻してほしいと泣いて訴えたが、うるさいと頬を叩かれ終わった。

『このピアノも、いつか茅乃にあげるわ。頑張って素敵な曲をたくさん弾いてね』

母と約束したのだ。それからせめてもと、ピアノを習い続けたいと頭を下げたものの許されず、私の人生からピアノは取り上げられてしまった。

父は、母がピアノを弾くのが気に入らなかったらしい。母のピアノの腕はたしかで、令月会を通して母にピアノを習いたい、子どもに教えてほしいという人も多かった。

今ならわかる。父は妻が自分よりも注目され褒められるのが嫌だったのだ。今の私と同じで、他者にも本人にも父は母のピアノの腕をよく否定していた。体裁を保つため、母が私にピアノを教えるのを受け入れていたが、内心よくは思っていなかったのだろう。

「久しぶりにピアノに触れられてよかったです。突然現れてすみません。失礼します」

この場を去ろうとドアの方へ向かう。そもそも彼が先客だ。名前くらい名乗るべきかと迷ったが、それよりもここから出ていくのが先決だと歩を進める。

「おい」

ところが彼に呼び立てられ、私はゆっくりと振り返った。目が合い、意図せず心臓が早鐘を打ち出す。

そのとき窓がコンコンと音を立て、私も彼の意識もそちらに向いた。窓の向こうにいたのは幸太郎さんで、私はさっと血の気が引いて駆け寄り慌てて開錠して窓を開けた。

「まさかこっちにいたとは思わなかったよ」

「ご、ごめんなさい」

私の方が背が高い状態で、幸太郎さんに頭を下げる。しかし彼の視線は私ではないところに注がれた。

「あれ、宮水？」

幸太郎さんの声で彼の方を振り向くと、鬱陶しそうな表情をしている。どうやら彼は幸太郎さんの知り合いらしい。同じクラスなんだ、と言いながら幸太郎さんは続ける。

「茅乃、彼は宮水財閥の宮水史章。次男だから正統な後継者じゃないけどね」

さらりと紹介され改めて彼を見ると、宮水さんはなにも言わずこちらに鋭い眼差しを送ってくる。その瞳から目を逸らせない。

「宮水。彼女は月ヶ華茅乃。家柄だけならぼくたちの比じゃない、あの月ヶ華家の令嬢だよ。……ぼくの婚約者なんだ」

幸太郎さんが第三者に私を〝婚約者〟と紹介してくれた。ここは喜ぶところだ。それなのに、どういうわけか素直に嬉しいと思えない。この感情はなんなのか。

私は黙ったまま宮水さんに軽く会釈する。彼の反応を確認せずに幸太郎さんの方を向いた。

「幸太郎さんを待っていたら、ピアノが見えたのでつい足を運んでしまったんです。すみません」

「そうか。茅乃の家にはピアノがないから……。でも前にも言ったけれど、ぼくはうるさいのは好きじゃないんだ。プロになるわけでもあるまいし、時間と労力の無駄だよ」

彼の言い分に反論せず、私は素直に頷く。

「はい」

今さら、ピアノだなんて未練がましいにもほどがある。宮水さんにも迷惑をかけてしまった。反省し、今度こそ私は第三音楽室をあとにした。

幸太郎さんとの約束を胸に、北校舎裏のベンチに通い始め三日。けれど彼は最初に約束した日以来、姿を現さない。

忙しいのかな。

連絡をしても返事がないので、結局こうして待つしかない。

少しでも会えるなら、そのチャンスを逃しちゃ、だめよね。

自分に言い聞かせ、用意したお弁当を食べる。二日前、ここで幸太郎さんと会った際、彼の分のお弁当も用意していいかと尋ねたが、やんわり必要ないと断られた。会えない日が多いなら無理もない。

空回りしている感じが否めないが、元々ひとりで過ごすのは苦ではないし、空いた時間は勉強に充てたらいい。父から、成績は常にトップを求められ、それが当然だと言われてきた。少しでも成績が落ちたら、月ヶ華家の恥だと罵られ責められる。だから必死で勉強してきた。

逆に私がどんなにいい成績を収めても、先生に褒められても、なにかの賞を取っても、父に褒められることはなかった。彼が大事なのは月ヶ華家の跡取りである千萱と彼の母だけだ。わかっているのに……。

どうして、どこかで期待してしまっている自分がいるのだろう。

情けなさにため息をつく。そこで急いで気持ちを切り替えた。

「とにかく、どんなときでも美味しいものを食べて元気を出さないとね！」

自作のお弁当を内心で自画自賛しながら食べ進める。

家では私の食事の用意をされないことが多々あり、父は継母とその息子、千萱と三人で食事をするのが当たり前で、同じ食卓に私はほぼつかせてもらえない。

数人いるお手伝いさんの中で、料理を担当している松島《まつしま》さんからは、私の食事を用意できないのを何度も謝られた。

父から三人分を用意するよう言われたら、雇われの身である彼は逆らえないだろう。それでも、ときどき父には内緒で私に食事を用意してくれる優しい人だ。そんな彼に頼み込んで私は料理を教えてもらっている。意外と楽しくて、お弁当作りもだいぶ慣れた。

「おい」

前触れもなく頭上から声が降ってきて、驚きで肩をびくりとすくめる。反射的に振り向いて視線を上げると、窓を開けた宮水先輩がこちらを見下ろしていた。

「み、宮水先輩？」

先ほど大きめのひとり言を口にしたので、うるさかったのだろうか。

「なんでしょうか？」

「ちょっと話がある」

それだけぶっきらぼうに告げて、彼は窓を閉めた。行くとも返事していないが、あきらかに第三音楽室に来いということだろう。

なんだろう。そもそも婚約者がいる身で男性の呼び出しに応じて、ふたりで会ってもいいのだろうか。考えすぎ？　幸太郎さんも彼とふたりでいた件についてはなにも言わなかった。

迷った末、さっさとお弁当を食べて第三音楽室に向かう。宮水先輩は幸太郎さんの友人だし、無視するなど無礼な真似はできない。

「失礼します」

この前と同様、音楽室のドアを開けると宮水先輩はピアノの椅子に腰を下ろしていた。緊張しつつそばに行くと、彼は椅子から立ち上がる。

「ほら」

彼から薄い冊子を差し出され、目が点になる。

「『ブラームスの子守歌』の楽譜だ。ピアノ初心者向け用になっている」

「え？」

続けて説明された内容につい声をあげた。

「ここで弾けばいい。どうせ昼休みは毎日あそこで時間を潰すんだろう？」

彼は幸太郎さんからなにか聞いたのか。それとも昨日、ひとりベンチで過ごしている私に気づいていたのか。

　思ってもみない彼の提案に、嬉しさよりも戸惑いが湧き起こる。

「で、ですが幸太郎さんには……」

『プロになるわけでもあるまいし、時間と労力の無駄だよ』

　幸太郎さんの言い分は父と同じだ。「無駄だ」と一蹴される。それなのに父からは月ヶ華家の名に恥じないようにと茶道や華道、舞踊に習字、スポーツは苦手でまったくものにならなかったがテニスも習わされた。

　ある程度の知識と経験を得て、嗜むと言えるくらいには必死でやってきた。けれどピアノに関しては、幼い頃に母から教わっただけで、まったくの素人だ。

「誰かのために弾くのか？」

　彼の問いかけは、ぐるぐる回る私の思考をピタリと止めた。

　真っ直ぐな眼差しを正面から受け止め、自分の気持ちに向き合う。

　父に褒められたい、認めてもらいたい。幸太郎さんによく思われたい。だから、言われるままだった。全部、誰かのためだった。

　でも本当は母との思い出もあるピアノを、私はずっとやりたかった。

「私が弾いてみたいんです」

力強く答えると、宮水先輩は少しだけ笑った気がした。

※　※　※

用意された懐石料理は文句なしで美味しかった。小正月をイメージした華やかな盛りつけと旬の食材を使った品々は目も舌も楽しませてくれる。

結納の席ならこんなふうに食事を楽しむことはできなかっただろう。

デザートの水菓子とコーヒーを堪能し、少しずつ私の気持ちは落ち着いていた。

「お料理、どれも美味しかったです」

「お前は、なにを食べてもそう言うな」

お腹も心も満たされ、ホッとひとり言に似た感想を漏らすと、すかさず彼から返事がある。

「そんなことありませんよ。美味しいから、正直に美味しいと言っています」

唇を尖らせ反論する。こうして軽口をたたき合いながらも、ずっと私は緊張状態にいる。最後、わだかまりの残る形で彼と会うことはなくなった。あれからおよそ十年。

まさかこんな形で再会するとは思いもしなかったから。

「あの、結婚についてなのですが……」

おずおずと切り出す。今ならお互いに冷静に話ができるだろう。

「ああ。このあと、指輪を見に行く。婚約指輪と結婚指輪は同じ店でかまわないか？」

「ま、待ってください。もう一度お聞きますが、私と結婚なんて本気ですか？」

当然と言わんばかりに話を進める彼に、慌てて返す。

「嘘や冗談でこんな真似をするとでも？」

皮肉めいた笑みで返されたが、負けじと尋ねる。

「ですが……婚約者の方は？　小野麻美《おのあさみ》さんとご結婚されるんですよね？」

彼には婚約者がいた。彼や幸太郎さんと同級生で、綺麗で優秀な女性。接点はまったくなかったのに名前まではっきりと覚えている自分が憎い。引かれるかもしれないと思ったが、彼は特段気にする素振りはなく、わずかに視線を逸らされる。

「彼女との婚約はとっくに解消している」

どうして？と尋ねそうになるのをすんでのところで抑える。私が口を挟む問題ではない。

彼が宮水海運の後継者になったことと関係があるのだろうか。私との結婚を望んだもの……。

『月ヶ華家とつながりが持てるのは悪くない』

突っぱねてしまいたい衝動に駆られるが、冷静に対処するべきだ。

なにをこんなにも心乱されているの？　突然のことだから？

幸太郎さんにしても彼にしても、私と結婚する理由は同じ。すべては月ヶ華家の名前と家柄だ。

一度唇を噛みしめ、ゆっくりと口を開く。

「月ヶ華製網船具の業績は知っての通りです。今の月ヶ華にどれほど価値があるのか……」

彼の期待するほどのものはあるのか。彼なら――宮水海運の今の立場なら、月ヶ華家よりももっと良家と縁談を結べそうなのに。現に小野さんは、誰もが知る小野損害保険株式会社のご令嬢で、家系も幕末まで遡れる由緒正しい家柄だ。

私にこだわる理由などまったくない。むしろ私よりも彼女の方が――。

「どうでもいい」

「え？」

彼は立ち上がり、ゆっくりとこちらに近づいてくる。見上げる形で目で追うと、すぐそばまでやってきて腰を落として目線を合わせてきた。

「月ヶ華は関係ない。お前だから結婚したいと思ったんだ」

「……どうして？」

あれこれ考える間もなく素のままで返した。さっきから彼の言葉も行動も私の予想をことごとく覆していく。

結局、私の質問にははっきりと答えてもらえないまま幸月楼をあとにする。

タクシーを呼んでもらっていたが、宣言通り彼から続けて婚約指輪と結婚指輪を見にいくと話され、拒否する間もなくタクシーに同乗させられた。

「好きなブランドや希望するメーカーはあるのか？」

まだこの状況に頭がついていけていないところに、質問が投げかけられる。

いくつか有名どころは知っているが、そこまで憧れもこだわりもない。むしろ聞いてもらえるのが意外だ。幸太郎さんは私の好みなど一切尋ねもせず、適当に用意しておくと言っていたから、私も素直に受け入れていた。

こういう場合、任せてもいいものか、なにかを意見した方がいいのか。そもそも彼は本当に私と結婚するつもりなのか。

正解がわからずに身を固くしていると、彼がタクシー運転手に指示したのは、国内の老舗有名ブランドの店だった。

どの商品にもモチーフやデザインなどに和を取り入れているのが特徴で、私もネックレスを持っている。

「いらっしゃいませ。あら。お着物素敵ですね」

上品でメイクをばっちり施している店員さんに声をかけられ、気恥ずかしくなる。

まさか結納当日に、予定していた相手とは違う男性とやってきたなど、想像もしないだろう。

「婚約指輪と結婚指輪を見たいんだが」

「かしこまりました」

なにも言えない私の代わりに彼が対応する。奥に案内され椅子に腰を下ろした。

ショーケースに並ぶ指輪はどれも微妙にデザインが異なっていて、見るだけで楽しい。

「気になるものがありましたら、遠慮なくおっしゃってくださいね。結婚指輪でしたら、こちらのシンプルなものや、こちらの宝石が埋め込まれたタイプが人気ですよ」

さらに店員さんから指輪に込められた想いやデザインのこだわりなどを聞くと興味も湧いてきて、なんでもいいと思っていたのに、選びたい気持ちが湧いてくる。

その中で、ふと目に留まった指輪があった。光の加減によって波打つ模様が美しい。

「これは、木目金ですか？」

私の質問に店員さんは笑顔になる。

「はい。日本の伝統技術の木目金を存分に楽しめるデザインとなっているんです。つけてみますか？」

どうしようかと迷っている間に、店員さんがショーケースから指輪を取り出した。

勧められるままに左手の薬指にはめてみる。

「こちら、男性の指輪と重ねると、側面に花が現れるようになっているんですよ」

サイズは少しだけ大きいが、なんとなく指に馴染み、目を奪われる。

それから他のデザインの指輪もいろいろ試したが、最初につけた指輪が忘れられず、決めることにしだ。

「私だけの意見でいいんでしょうか？」

ちらりと隣に座る彼に尋ねる。

「お前が気に入ったならそれでいい」

こともなげに返され、反応に困っていると、すかざす店員さんが「お優しいんですね」と声をかけた。

結婚指輪に合わせて婚約指輪も決めて、サイズの調整などで出来上がるのに数週間かかると言われ、連絡は彼が受けることになった。

店を出て、冷たい空気を肌に受ける。さすがに疲れた。

「大丈夫か？」

それを見透かされたのか、私は慌てて笑顔を作った。

「大丈夫です。ありがとうございます」

そこで一瞬、間が空き私は口を開く。

「あの……何度も申し上げていますが、今の月ヶ華の名前や私自身に、それほど価値があるとは思えません。それでも本当に私と結婚するつもりですか？」

真っ直ぐに見据えると、彼は不敵な笑みを浮かべた。

「ああ。誰が相手でも、結婚してよかったって思わせてくれるんだろ？」

まさかの切り返しに、とっさに言葉に詰まる。うつむきそうになった刹那、頤《おとがい》に手を伸ばされ、強引に上を向かされた。

「だったら俺がもらう。他の男には渡さない。お前は俺と結婚するんだ」

瞬きどころか息さえできず、至近距離で交わる視線から逃げられない。

「私、は……」

『相手の方がどんなつもりでも、私と結婚してよかったって思ってもらえるように頑張ります』

ああ、そうだ。自分で言ったんだ。

先ほどの彼の言葉で、いつか彼に宣言した記憶がよみがえる。最後の苦い思い出と共に。

泣きそうになるのを、目を見開いて必死に堪える。彼の本音も目的もわからない。

でも私に断る選択肢なんてないんだ。

※　※　※

「そこ、指使いが違う。楽譜にも書いてあるだろ」

「す、すみません」

ため息混じりの声に肩をすくめる。

なぜ、こんな状況になっているのか。宮水先輩に楽譜をもらい、まずは譜読みを始めた。曲はピアノ初心者向けに編曲されたハ長調のもので、指使いまで記載されている。ここまでしてもらったのなら、頑張るしかない。ピアノがなくても知識はあるのでなんとか読み込み、緊張しつつピアノに触れようとした。ところが彼はなぜかすぐそばに立ったままだった。

どうしたのかと尋ねようとしたら、とりあえず弾いてみるよう言われ、そこから彼のスパルタ指導が始まったのだ。

幸太郎さんにピアノを弾いているのがバレたら、宮水先輩とふたりでいられるのを見られたら……。不安はもちろんあった。

けれど、幸太郎さんは部活のため昼休みは三十分を過ぎないと来られないと言われ、裏庭に現れない日も多々ある。こうして宮水先輩にピアノを教わり始めて二週間になるが、幸太郎さんが裏庭に来てくれたのは二回だけだ。

それでも忙しい幸太郎さんが時間を作って会いに来てくれる事実だけで嬉しくなるし、宮水先輩との二十分だけのレッスンがなんだかんだで楽しみで、ここに通い続けている。

「とりあえず右手の主旋律は弾けるようになったな」

「はい。なんとか」

まずは右手のみでしっかりと練習してから、左手のパートに移る。最終的に両手で演奏するのだが、道はまだまだ遠い。

家にピアノが……お母さまのピアノが、残っていたら……。

「伴奏するから弾いてみるか？」

「え？」

唐突な申し出に目を瞬《しばたた》かせる。どういう意味なのか理解できずにいると、彼は私のすぐ左隣にやってきた。パーソナルスペースを優に超えた近さに、心臓が早鐘を打ち出す。彼の両手が鍵盤に添えられ、緊張は一気に増した。

「あ、あの」

どぎまぎしながら彼の方を見る。この状況で弾けるわけがない。けれど真剣な眼差しに目を奪われ、なにも言えなくなる。彼が軽くリズムを取り、私は楽譜に視線を向けた。

左手が伴うだけで、曲の重みがまったく異なる。彼の雰囲気からは想像がつかないほど、奏でる音は優しくて正確だ。

『茅乃はピアノが好き？』

『うん。お母さまとピアノ弾くの大好き』

母がよく弾いてくれた曲なのもあり、幼い頃の思い出が頭をよぎる。私が好きだと言ったからよく弾いてくれたこの曲を、母に習いたかった。

さまざまな想いがピアノを弾きながら溢れ出てくる
弾き終わると、なんともいえない高揚感と寂寥感が襲ってきて、目の奥が熱くなった。

「どうした？」

そんな私を見て。さすがの宮水先輩も少しだけ焦っている。

「だ、大丈夫です。それにしても宮水先輩はピアノがお上手なんですね。伴奏をつけてもらっただけで急に上手くなった気分になれました」

わざとおどけて笑顔を向ける。しかし彼は厳しい表情を崩さない。

「気分じゃなくて、最初に比べたらちゃんと上達している」

思わぬ切り返しに面食らう。まさかストレートに評価されるとは思わず、どう反応していいのか困惑する。

成績も習い事も立ち振る舞いも、足りない部分を指摘されるだけで、そこに至る過程を評価してもらえることなど学校生活を除けばまったくなかった。現に私の演奏はまだ主旋律の右手だけで、たどたどしさだってまだある。

『プロになるわけでもあるまいし、時間と労力の無駄だよ』

幸太郎さんに言われたのを思い出し、ますます宮水先輩にどう返すべきなのか迷った。この時間は私の完全な自己満足だ。

「ありがとうございます。宮水先輩の教え方が素晴らしいからですよ」

笑顔を作って答えた。

「俺はなにもしていない。ピアノももうとっくにやめているんだ」

「そうなんですか?」

彼は私から再び距離を取り、面倒くさそうな表情になった。

「兄が始めたら一緒に習わせられたんだ。でも兄が途中でやめるからお前もやめろって」

「ど、どうしてですか?」

「さぁな。宮水を継ぐ兄よりも弟が秀でていることがあるのは困るんだろう」

自嘲的に返された答えに胸が痛む。父が再婚し、跡継ぎである男児がいることで私に対する扱いはどんどんひどくなった。でもそれ以前に私に月ヶ華家を継ぐ気持ちも可能性もない。

「……宮水先輩が跡を継がれることはないんですか?」

私の問いかけに彼は大きく目を見開いた。そして、すぐに皮肉めいた笑みを浮かべる。

「馬鹿にしているのか？　鹿島が言った通り、俺は次男なんだ」

『彼は宮水財閥の宮水史章。次男だから正統な後継者じゃないけどね』

幸太郎さんが彼を紹介したときの言葉を思い出す。後継者かどうかは、私には大事な情報ではない。けれど、宮水の名前の重さはわかっている。

「可能性だけを言うなら万が一兄になにかあったら」

「そうではなくて、宮水先輩のお気持ちは？　跡を継ぎたいという想いはあるのでしょうか？」

失礼を承知で彼の発言を遮った。すると宮水先輩は不快感をさらに露わにする。

「俺の意思も気持ちも関係ない。長男が継ぐのが当たり前なんだ。例外はない」

吐き捨てる彼に、私は怯まずに問いかける。

「そうお父さまか誰かに言われたんですか？」

「死ぬほど言われているさ。月ヶ華も同じだろ！」

強い口調で言い切られたものの不思議と私の心は落ち着いていた。彼を真っ直ぐに見据える。

「そうです。しきたりや暗黙の了解はたくさんあります。ですが宮水先輩の意思や気持ちがあるなら、お父さまやおじいさまに伝えてから諦めても遅くないと思うんです」

つい熱くなってしまい、ふと我に返る。余計なお世話なのもいいところだ。私が口を挟む問題でもなければ、彼の言う通り素直に空気を読んで従うのが賢い。

「母を亡くして勝手にピアノを処分されたとき、悩みましたが父に抗議したんです。予想通り一蹴され、余計に冷たい言葉を浴びせられました。ピアノを習い続けたいことも訴えましたが、結局聞いてはもらえず……」

そうだ。意思表示をしたところで結果は同じだ。わかっていた。黙って言うことを聞くのが賢くて最善だ。

「けれど、自分の気持ちを大事にできるのは自分だけです。言葉にできるのも伝えるのも、本人にしかできないから、わかってほしい人にはちゃんと言った方がいいと思い……ます」

勢いは削がれ、どんどん語尾が弱くなっていく。母の教えとして私の中で信条にしているものを熱く語りながら、完全な押しつけだと冷静な自分が訴えてきた。

「すみません、余計なことを言いました」

「まったくだな」

頭を下げる私に、あきれた声が降ってくる。再び謝罪の言葉を口にしようとしたら、頭に温もりを感じた。

「でも悪くない。一応、心に留めておく」

心なしか彼の表情が柔らかくて、つい目を奪われる。胸の高鳴りになんともいえない罪悪感を覚え、私から視線を逸らした。

母のピアノがあればと何度も苦しくなった。けれどピアノがあったら、こうして宮水先輩にピアノを教わることはなかったかもしれない。そう思うと巡り合わせとはつくづく不思議だ。

「宮水先輩はお昼を召し上がらないんですか？」

あえて話題を変えるようにして、尋ねた。

ピアノのレッスンが終わると、私はベンチに座って持参したお弁当を食べながら幸太郎さんを待つのが、定番の流れになっている。

「この時間、食堂は混んでいるし間に適当に食べている」

たしかに広いとはいえ昼休みの食堂は人が多く、並んだり席を探したりするのは避けられない。

もしかして、私に付き合わせてしまっているせいもあるのだろうか。

「あの、よかったら私がお弁当を作りましょうか？」

とっさに口にして、慌ててフォローを入れる。

「ピアノを教えていただいているお礼に……。楽譜もお時間もいただいていますから」

「必要ない。お前が作るべき相手は鹿島だろ」

幸太郎さんの名前に胸がズキリと痛む。

「幸太郎さんにも必要ないと言われているので」

とっくに断られている旨を告げると彼がわずかに目を瞠った。余計な申し出をしてしまったと謝ろうとしたら、声がかぶせられる。

「すみ――」

「わざわざ作るわけじゃないなら、頼んでもかまわないか？」

少しだけ和らいだ口調で宮水先輩は言った。

「も、もちろんです！　どっちみち自分の分を用意しますので、手間ではありません！」

勢いよく訴えかけると、彼はふっと微笑んだ。

「そんな必死になる話か？」

おかしそうに言われ、途端に顔が熱くなる。はしたない真似をしてしまったと思う反面、なにかを返したい気持ちでいっぱいだった。

だって貴重な昼休みを私のために使ってもらっている。

どうしてここまでしてくれるんだろう。幸太郎さんの婚約者だから？

どんな理由でも、彼に感謝する気持ちは本当だ。


おこがましくも彼の分のお弁当も用意し、私は甲斐甲斐しく第三音楽室に通った。ピアノを練習してブラームスの子守歌を弾けるようになるのが一番の目的で、もちろん幸太郎さんを待つためでもある。

宮水先輩とは以前よりも他愛ない会話が少しだけ増えたが、あくまでもピアノを教え教わるだけの関係だ。けれど彼のそばに少しずつ居心地の良さを覚えてしまう。最初は緊張しかなかったのに。

逆に幸太郎さんは、裏庭に顔を出す頻度がどんどん低くなっていった。

「幸太郎さん、忙しいのかな」

「本当にそう思うのか？」

ピアノの練習を終え、ひとり裏庭のベンチに座って呟く。完全なひとり言だったのに、前触れもなく返事が降ってきてすぐに上を見た。

第三音楽室の窓から宮水先輩が無表情でこちらを見下ろしている。

なにか言い返す前に空のお弁当箱が差し出され、私は受け取ってから立ち上がった。

彼と向き合う姿勢になる。

「お口に合いましたか?」

持った感じでお弁当箱の中身は空だと予想はついたが、念のため尋ねた。

「ああ。卵焼きが甘いんだな」

「す、すみません」

反射的に謝罪すると、彼は不思議そうな面持ちになる。

「別に。食べたことない味だったが悪くない」

その言葉に安堵する。

「母の作る卵焼きはいつもこれで」

私にはお馴染みの味だ。ちなみに父はまずいと言って絶対に口にしなかった。

「月ヶ華家なら料理する者くらい雇っていないのか?」

「そ、それは……」

事実、お手伝いさんは何人かいるし、継母は料理をはじめとする家事は一切しない。

しかし、家で私が置かれている状況をここで説明するのも……。

「ひとり立ちしたときに困らないように、いろいろ自分でできるようになりたかったんです」

当たらずといえども遠からず。嘘はついていない。彼がなにか言いかけたとき、冷たい感触がして空を見上げる。

晴れているのに雨粒を容赦なく落としてきた。狐の嫁入りだ。

「雨、ですね」

冷静に現状を把握し、建物の中に入ろうとする。玄関口に回ろうとしたら、不意に正面から腕を掴まれた。

「えっ」

驚く間もなく脇の下に素早く両腕を入れられ足が浮いた。子どもみたいに抱き上げられとっさに相手にしがみつく。すると窓枠をすれすれで越え、気づけば音楽室の中にいた。そっと床に下ろされたもののよろめいてしまい、抱きしめられるような形で支えられる。

「あ、あの。ここまでしていただかなくても……」

自分の身に起こったこと、彼に触れられている部分が熱くて、動揺が隠せない。

「こっちが早いだろ」

なんでもないかのように返され、私だけ狼狽えているのが情けなく感じた。手を離されると、その場にへたり込む。

心臓がうるさくて胸が苦しい。言葉が出ないまま息を整える。

「どうしたんだよ、宮水。窓なんて開けて」

ふと、耳慣れた声にドキリとする。外から声をかけてきたのは、幸太郎さんだ。

「今日も茅乃は来てた？　さすがに雨が降ったから帰ったのかな」

私に会いに来てくれたのだと思い、急いで立ち上がろうとする。しかし、それを宮水先輩に軽く手で制された。一体、どういうつもりなのか。

「残念。今日は利香子《りかこ》に振られたからわざわざこっちに来たのに」

訝しがっていたら、軽い口調で幸太郎さんが続けた。彼の口から出た女性の名前に、私自身も動きを止める。

「お前の婚約者、毎日そこで待ってるぞ」

そこで宮水先輩が私を話題にしたので、息さえ止まりそうになった。私がいるのをわかっていて、彼はなにを考えているのか。

「犬みたいだろう？　馬鹿正直に主人が来るのを懲りずに待って」

聞こえてきたのは、あからさまに馬鹿にしたような幸太郎さんの声だ。

私が知っているものとは全然違う。冷たくて蔑んだ口調。

「婚約したときとは立場が違う。今は月ヶ華がこちらに頭を下げる側だからな。茅乃の性格からしても、多少好き勝手しても文句は言わないさ」

「だからって、同じ学校で他の女に手を出すことはないだろ」

宮水先輩の声にはかすかな嫌悪が滲んでいた。しかし幸太郎さんが鼻で笑ったのが伝わってくる。

「茅乃みたいな真面目で地味な面白みのない女だけに尽くせるか？　冗談じゃない。俺は宮水みたいに婚約者に一途にはなれないんだ」

鈍器で頭を殴られたような痛みが走り、大きく目を見開いて固まる。

幸太郎さんの本音と辛辣な物言いは私の胸を容赦なくえぐる。

そしてもうひとつ、私の心を激しく揺さぶっている事実がある。

宮水先輩にも婚約者がいたの？

そこに一番の衝撃を受けていることに自分でも驚く。

今、大事なのはそこではない。

「よかったら宮水が相手してやってくれよ。俺はその間、デートしとくから」

幸太郎さんにまったく悪びれた様子はない。私はさらに身を隠すようにぎゅっと体を縮めた。

「そんな顔するなって。心配しなくても、最終的には茅乃と結婚するさ。月ヶ華と婚姻関係を結ぶのは鹿島としても悪くないからな」

宮水先輩は、どんな表情で幸太郎さんの話を聞いたのだろう。幸太郎さんがその場から遠ざかる気配がしたが、私は動けないままだった。

「あれがお前が慕う婚約者の本音だぞ」

彼の視線が私の方に向き、自然と目線を上げる。なんとなく不機嫌そうな感じだ。

「忙しいだけが理由なわけないだろ。連絡のひとつも寄越さず、放置されて……あまつさえ他の女と親しくしている。ないがしろにされているんだよ、お前は」

責めているのか、怒っているのか。苛立ちをぶつけてくる宮水先輩に対し、思い切って口を開く。

「わかっています」

声を震わせながら、私は言い切った。

「わかっています。幸太郎さんが私と結婚する目的も、彼の気持ちが私にないことも、全部知っています」

早口で捲し立てると、宮水先輩が虚を衝かれた表情になる。

強がりでもなんでもない。最初から家同士が決めた結婚で、幸太郎さんのよそよそしさも、私が思うほどこの結婚に前向きではないのも伝わっていた。

とはいえ、まさか他に親しくしている女性がいるとは、あそこまで見下されているとは思ってなかったけれど。

「私……宮水先輩が思うほど馬鹿な人間じゃありません」

ぽつりと呟くと部屋がシンと静まり返る。彼にとってはただ虚勢を張っているようにしか見えないだろう。それでもいい。私の正直な気持ちだ。

「わかったうえで、家のためにあんなやつと結婚するのか？」

低い声で鋭い視線と共に質問が投げかけられる。まるで理解できないといった冷たい言い方に、私は肩を震わせた。彼の怒りはなにに対してぶつけられているのか。

『俺は宮水みたいに婚約者に一途にはなれないんだ』

宮水先輩は幸太郎さんとは違う。きっと婚約者を大事にして、向き合っているんだ。

そんな彼から見たら、私と幸太郎さんの関係は歪《いびつ》に思うのだろう。

宮水先輩の婚約者ってどんな人なのかな。彼に大切にされている女性は……。

そこで考えを振り払う。なんで？　さっきから宮水先輩に婚約者がいる事実に心を乱されっぱなしだ。

もしかして、自分の婚約者の境遇と比べて私を憐れに思っている？　だとしたら、余計なお世話だ。

「大、丈夫です。幸太郎さんが私と結婚してくださるつもりなら……相手の方がどんなつもりでも、私と結婚してよかったって思ってもらえるように頑張ります」

なんとか笑顔を作って答える。

結婚に幸せを求めない。もちろん幸太郎さんにも。私は自分で幸せになるんだから。

「心配してくださってありがとうございます。でもこれは私と幸太郎さんの問題ですから。宮水先輩は今まで通りご自身の婚約者さんを――」

最後まで言い終わらぬうちに不意に腕を掴まれ、彼の方に引かれた。続けて整った顔が近づき、私の視界を占領したかと思った次の瞬間、唇に柔らかい感触がある。

時が止まったような感覚。

「お前なんて大嫌いだ」

しかし、離れた唇から放たれた言葉に頭が真っ白になった。

眉根を寄せ、悲しそうで腹立たしそうな表情が目に焼きつく。瞬きひとつできなかった。

さらに彼はなにか言いかけたが口をつぐみ、私から視線を逸らして背を向ける。呆然とするだけで、頭が回らない。

ひとり部屋に取り残され、ややあって無意識に人差し指の先を唇に当てた。

今の……なに？　キス？

意識した途端、顔から火が出そうになった。両頬に自分の手のひらを当て、体中を駆け巡る羞恥心と動揺を抑えようとするが、上手くいかない。呼吸も心音も乱れて息が苦しくなる。

しかし不意に冷静になった。

そうだ、私……嫌われたんだ。

『お前なんて大嫌いだ』

声も、表情もありありと思い出せる。じわりと視界が滲み、軽く両頬を叩いた。

いくつもの感情が重なり合って、自分でもわからない。けれど胸がズキズキと痛んで、気を抜いたら涙がこぼれ落ちそうになっている。

私と幸太郎さんの関係が、気に入らなかったのかな。それとも私の言動が気に障った？

いつから……私のこと嫌いだったんだろう？

なにかが千切れそう……痛い。

彼と過ごした思い出が浮かんでは、ぼやけて色を失っていく。

考えても答えは出せない。ひとつわかっているのは、もう宮水先輩とここでピアノを教わるどころか、会うこともないんだ。

翌日、昼休みに入ってすぐ私は三年生の教室に向かった。扉のところから中をうかがうと、部屋を出ようとしていた幸太郎さんと目が合う。彼は慌ててこちらにやってきた。

「茅乃、どうしたんだい？」

「すみません、突然」

頭を下げる私に、幸太郎さんは少しだけ不機嫌そうな顔になる。

「下級生が気軽に上級生のクラスに来るものじゃないよ」

マナーの問題なのか、私が教室まで来たことに対する不満か。追及する気にもなれず決めていた言葉を口にする。

「申し訳ありません。幸太郎さんにお伝えしたいことがありまして」

そこで一呼吸置き、彼が反応する前に続ける。

「お昼休みに時間が合えば一緒に過ごす話。幸太郎さん、お忙しいみたいですし、一度白紙にしませんか？」

極力、彼を責めないニュアンスで笑顔で告げた。すると目をぱちくりとさせた幸太郎さんは、すぐに笑みを浮かべる。

「いいのかい？　でも茅乃にとってもそちらの方がいいか。なかなか茅乃のところに行けなくて悪かったね。なにかと忙しくて」

打って変わって嬉しそうな幸太郎さんに、わずかに胸が痛む。彼の本心はもう知っている。忙しい理由が私以外の女性に会うためなのも。

けれど余計なことは言わず、さっさと彼の元を立ち去ろうとした。

「そういえば宮水がさ」

しかし彼の口から飛び出した名前に心臓が跳ねる。足が止まり、幸太郎さんに意識を戻す。

「悪かったって。茅乃に謝っておいてほしいって言われたんだ」

なにに対する謝罪なのか、考えるまでもない。最後に会ったときのことを思い出し、硬直する。

「なにがあったんだ？　ま、概ね茅乃が宮水に対し、気に障ることをしたんだろ」

幸太郎さんは小馬鹿にしたように笑った。詳細を尋ねられるのも困るが、一方的に決めつけられるのもどうなのか。

顔に出ていたのか、幸太郎さんは私を一瞥した。

「だって宮水、茅乃みたいなタイプは大嫌いだろうから」

「え?」

あまりにも突拍子もない発言。けれど聞き覚えのある単語に、嫌な汗が噴き出した。

そんな私の様子を知ってか知らずか、幸太郎さんは意気揚々と続けていく。

「あいつの婚約者……俺も同級生だけれど、小野麻美っていってね。小野損害保険の社長令嬢なんだ。美人で頭もよくて、クラス委員もしていて、みんなに慕われている。宮水のこと羨ましく思っているやつも多いんだ。無駄に会う機会を作ってほしいだなんて言わないだろうし、落ち着いた雰囲気は一緒にいて居心地がいいんだろうな。……茅乃とは正反対だろ?」

口角を上げて同意を求めてくる幸太郎さんに、なにも言えず押し黙る。

当てつけみたいな言い方に怒りよりも悲しさが心を埋める。

こんなにも胸が痛いのはどうしてなのか。

幸太郎さんが別の女性を褒めちぎるから? 彼女と比べて暗に批判されたから?

「あ、ほら。彼女だよ」

顔を上げて幸太郎さんの促す方向を見る。すると宮水先輩と彼の隣にいる女性が目に映った。ショートボブの髪は艶やかで、たったふたつしか上とは思えないほど大人っぽい。快活そうな雰囲気と綺麗な顔立ちは同性でも見惚れてしまう。すらりと手足が長く、宮水先輩と並んで歩いてもまったく引けを取らない。

お似合いだと思った。

『茅乃とは正反対だろ？』

幸太郎さんの言う通りだ。宮水先輩の大事な人は、私とは真逆だ。

次の瞬間、宮水先輩と目が合う。反射的に目を逸らして、幸太郎さんの方を向く。

「私、失礼します」

幸太郎さんの反応を待たずに駆け出す。まるで逃げているみたいだ。けれど、あれ以上、あそこにいられない。

『茅乃みたいなタイプは大嫌いだろうから』

『お前なんて大嫌いだ』

教室ではなく、私は無意識に外に向かっていた。外の空気に触れた刹那、気づけば涙が溢れ出す。ここは学校なのに止めようとしても止められない。

『誰かのために弾くのか？』

自分の希望を言っていいのか、ずっとわからなかった。ためらって迷っていた私の背中を押してくれた。

『最初に比べたらちゃんと上達している』

決めつけずに、私を見てちゃんと評価してくれた。ピアノを教わりたくて通い続けたのも本当。幸太郎さんを待つついでだと言い聞かせて、いつの間にか彼に会うことが楽しみになっていた。一緒に過ごす時間が心地よくて、もっと宮水先輩のことを知りたいと思ってしまった。

だからばちが当たったんだ。

「私、最低だ」

幸太郎さんにも不誠実な真似をして、ピアノを教えてくれた宮水先輩にも嫌悪感を抱かせてしまった。だから嫌われたのかな？

幸太郎さんを婚約者として慕う気持ちとは別の感情。恋と呼ぶにはおこがましい。そもそも私は恋なんてしたことない。

昼休みが終わりを告げるチャイムが外まで響く。

私はぎゅっと自分の気持ちを心の中に必死に押し込め、このまま消えるように願った。

もう誰かに感情を揺さぶられるようなことはしない。私は月ヶ華家のために、幸太郎さんの婚約者としてこの先、生きていこう。

固く誓いを立てて、私は教室を目指した。

第二章　夫婦になった私たちのたったひとつの決まりごと

北校舎裏――正確には第三音楽室に通わなくなった日から、宮水先輩と顔を合わすことはなかった。そうこうしているうちに、三年生だった彼は幸太郎さんと共に卒業し、ますます接点はなくなった。幸太郎さんから宮水先輩の名前を聞く機会もなく、私も彼の話題など口にしない。
それでも、もしかしたら私と幸太郎さんの結婚式で会うかもしれないとひっそり思ったりもした。つまり、忘れようとした努力の甲斐なく、彼の存在は私の中でずっと残っていた。

幸太郎さんと結納を交わす予定だった日、私の前に現れたのは幸太郎さんではなく宮水先輩――史章さんだった。

最後に第三音楽室で会って以来になる。気まずさや驚きを感じる前に、彼はとんでもない内容を口にした。

『俺が結婚を申し込む』

なんの夢か冗談か。幸太郎さんとの結婚がなくなった事実を受け入れる間もなく、さらに衝撃的な事態に直面する。

史章さんから結婚を申し込まれ、信じられない気持ちでいっぱいの私をよそに、彼はさっさと結婚の段取りを進めていった。

鹿島家からは、再度改めて謝罪があったらしい。そこにはやはり幸太郎さんの姿はなく、私たちの婚約を取り決めた彼の父親から父にだ。

息子の非礼を詫びつつ婚約破棄に至った理由は語られなかったそうだ。知らなくてもかまわない。薄々彼の気持ちは気づいていたから。

こうして私と幸太郎さんの結婚は正式に破談となり、史章さんはさっさと動き出す。

私の実家への挨拶は、彼よりもおそらく私の方が緊張している。

形式的なもので、父と継母の前に史章さんと共に座る。父は仏頂面だった。

「母親に似て出来損ないで、なにひとつ満足にできない娘だ。あとからこの話はなかったことにと言われても聞き入れないからな」

やはり父の反応は予想通りだ。月ヶ華製網船具の件があるので以前のようなあからさまな態度はとらないものの、根は変わらない。

ふんっと鼻を鳴らす父の隣で継母が口角を上げ、小さく頷いた。

「この子の母親は爵位もない久石《ひさいし》家の出です。本来は月ヶ華家に嫁げるような出自ではないのに、喜久子さまや喜久子さまのご両親のときから付き合いがあるとかで、結婚話が進んだそうで……」

「まったく、迷惑な話だ。跡継ぎのひとりでも生んでいたら話は別だが、それも果たせないままだったな」

わざわざ母を悪く言われ、怒りでお腹の中に熱がこもる。膝の上で握りこぶしをぎゅっと作って耐えるが、やはり黙っていられない。

「母は」

「ご心配には及びませんよ」

私の言葉とほぼ同時に史章さんが静かに返した。おかげで私の注意は彼に移る。史章さんは冷たい視線を父と継母に送った。

「彼女に関してはなにも心配していません。……ああ。あなた方が心配しているのは、月ヶ華製網船具の件でしょうか？　だったら相手を間違えていますよ。彼女ではなくご自分の発言や身の振り方を考えるんですね。妻になる彼女や彼女の実母を貶める真似をしたら、気が変わるかもしれませんから」

史章さんの発言に、父と継母の顔はさっと青ざめる。

彼は私に立つように促してきた。

「今後のことについてはまた改めてご連絡しますよ。では、これで」

まさか私まで一緒にこの場を去るとは思わなかったので戸惑いが隠せない。

「いろいろ決めることはあるが、とにかくお前はこの家を早く出た方がいい」

やや早口で捲し立てられ、伝わってくる苛立ちになんて返せばいいのかわからなくなる。


実家の門を出て私はすぐさま彼に頭を下げた。

「あの、父と継母が不快にさせて、すみませんでした」

謝罪すると、彼は足を止めこちらに振り向いた。

「なんで謝るんだ。不快に……傷ついたのはお前の方だろう」

あきれたような言い方なのに、真っ直ぐに見つめられ、そこには同情でも怒りでもない、労《いたわ》りが滲んでいた。

いつもなら大丈夫だと答えて終わらせるのに、思わぬ切り返しに私は迷いつつ口を開く。

「母の実家は……久石家は爵位を持っていないのではなく、自ら返上したそうです。

必要のないものだからと」

江戸時代は藩主として多くの人々に慕われ、広大な領土を任されていた久石家は、当時今よりも身分がしっかり分かれていたにもかかわらず、どの立場の人間にも分け隔てなく接していたそうだ。

清貧を掲げ、戊辰戦争の武勲と明治維新の功労により伯爵の爵位を与えられ華族となったが、特権階級は必要ないと爵位を返上したらしい。

そんな久石家を母は誇りに思っていた。私も気持ちは同じだ。月ヶ華家は久石家とつながりがあったらしく、月ヶ華家の現当主である祖母は母には優しかったと記憶している。私は月ヶ華家はもちろん、母方の家柄も誇らしかった。

「あと、千萱が挨拶できずにすみません」

ふと、まだ会っていない異母弟の存在を思い出し、お詫びする。

「異母弟とは仲は悪くないのか？」

継母や父の様子を見たら、史章さんの疑問は当然だろう。思わず苦笑する。

「すごく仲良しというわけではありませんが、父や継母よりは普通に交流しています。私と仲良くすると両親が怒ったので、わざと無視したりひどいことを言ったりしたのをいまだに気にしてくれていて」

出会ったときにまだ幼かった私たちは、お互いに仲良くなろうとしていた。けれどそれを彼の両親が許さず、あからさまに私と千萱の扱いに差をつけた。

そんな両親に嫌気がさしたのか、大学進学と同時に千萱は近所でひとり暮らしを始めた。私には許されなかったひとり暮らしをする千萱が羨ましかったが、父には逆らえなかった。

「よかったら、また機会があれば会ってください。千萱、お兄さんが欲しいって昔から言っていたので、史章さんを見たら尊敬しそうです」

一方的に喋り続けて、しまったと我に返って後悔する。ちらりと史章さんをうかがうと、かすかに笑ってくれたように見えた。その表情が直視できず、つい目を逸らす。

心臓がうるさい。

ずっと月ヶ華の人間として、父の顔色をうかがってきた。いつもなにかに怯えていた。

でも、これからは史章さんと決めていけばいい？

「ほら、行くぞ」

「……はい」

促され、彼の車の助手席に乗り込む。今まで移動する際は、専属運転手付きの月ヶ華家の車に乗り、うしろの席に座るのが当たり前だった。

助手席に座る経験も新鮮で、ましてや史章さんの隣だ。緊張しないわけがない。

ドキドキしているのは、どうして？　彼と結婚するから？　わだかまりが消えないままだから？

いくら考えても答えが出せない。いつかわかる日が来るのかな？

ちらりと史章さんをうかがうと、怖いくらい整った横顔を視界に捉え、反射的にすぐさま前を向いた。

早く慣れないと。このままじゃ身がもたない。


さらに翌週、突然の結婚をどう思うのだろうかと不安を抱えたまま史章さんのご両親に会いに行く流れになる。

ご両親こそ私との結婚は寝耳に水だろう。いつ婚約を解消したのかはわからないが、彼には小野さんという婚約者もいたし、私の存在をどう思われるのか。

「いやぁ、それにしても驚いた。突然、史章が結婚すると言い出して、相手がまさか月ヶ華家のお嬢さんとは」

史章さんのお父さま――宮水海運の代表には、反対どころか、むしろ息子の結婚相手が月ヶ華の人間である事実に恐縮される。

「今時、こんなことを言うのはナンセンスだとは思うが、うちでは手が届かないお家柄だろうと思っていたからね」

そう言ったあと、史章さんのお父さまの視線は私から史章さんに移る。

「兄の裕章《ひろあき》に代わって宮水海運の後継者になったときにも思ったが、お前は意外と野心家だな。宮水海運の未来を考えて、月ヶ華家のお嬢さんを選ぶとはさすがだ」

お父さまは誇らしげに笑みを浮かべているが、私は固まってしまった。

この結婚が喜ばれているのも、史章さんが私との結婚を決めたのも、私が月ヶ華家の人間だからだ。それを突きつけられる。

その証拠に、さっきから私の家族や家については聞かれるが、私自身についてはとくに問われない。

「父さん」

「あなた。せっかくご挨拶に来てくださったのに、おうちのことばかり尋ねて……茅乃さんに失礼よ」

史章さんと彼のお母さまの声が重なり、史章さんも彼のお父さまも目を瞠ってお母さまを見つめた。お母さまは厳しい視線をお父さまに送る。

「史章が結婚を決めたのは月ヶ華のお嬢さん、ではなく月ヶ華茅乃さんというひとりの女性なの。私は彼女自身をもっと知りたいわ」

あまり口を挟まなかった史章さんのお母さまが、綺麗な顔を歪めて自身の夫をたしなめた。史章さんも非難めいた目でお父さまを見て、お父さまは慌て出す。

「も、もちろんわかっているさ。すまなかったね、茅乃さん」

「い、いいえ」

頭を下げるお父さまに慌てて答える。悪気がないのは伝わっていたし、慣れてもいる。お父さまはばつが悪そうに頬を掻きながら苦笑した。

「史章はあまり自分のことを話さないし、なかなかなにを考えているのかわかりづらいところもあって、つい先走ってしまったよ。どうか息子をよろしく頼む」

「こちらこそ、よろしくお願いします」

改めて頭を下げられ、それ以上に深々と頭を沈めた。お母さまの言葉を嬉しく思う一方で、史章さんが私との結婚を決めたのも、こうしてあっさり結婚が認められたのも、すべては月ヶ華の名前のおかげなのだと再認識する。

落ち込むなど贅沢で、むしろ月ヶ華の名前には感謝しないといけないくらいだ。今までもそうやって言い聞かせてきた。今さらだ。

史章さんのお兄さんは仕事で外国に滞在中のため、帰国してから挨拶する話になる。こうして史章さんの家族への挨拶は無事に済ませた。

一連の流れを経て、三月中旬の大安の日に私は史章さんと入籍した。それに合わせて彼と一緒に暮らすことになり、新居は史章さんが用意してくれたマンションになる。お互いの職場からの距離や利便性などを考慮して、史章さんが選んだマンションは、文句の付け所がないほど素敵でサービスやセキュリティも充実している。なにもかも彼任せで申し訳なく思う一方で、それが正解なのだと訴える自分もいた。

それにしても、ここまで入籍や一緒に暮らすのを急ぐ必要はないのではないか。忙しい史章さんにそれとなく伝えたが、意外にも彼は譲らなかった。たしかに、幸太郎さんが相手だったら、とっくに実現していた状況だ。そう思うと強く言えない。嫌ではない。結婚式は両家の招待客数などを考えると、一番大きなホールを持つホテルを披露宴会場に選び、六月末で調整する。

いろいろ決まっていく一方で目まぐるしい展開になかなか頭も心もついていかないでいた。

「どうぞよろしくお願いします」

家主に頭を下げつつ今日から自分もここに住むとはまだ信じられない。

古い屋敷で育った私にとって、コンシェルジュ付きの最新のタワーマンションは、新しい世界だ。

マンションとはいえ部屋数は十分にあり、有名デザイナーが手がけた内装は部屋ごとに印象が異なる。それでいて統一感は失われていない。さらには物が少ないので、まるでホテルのスイートルームだ。

ダイニングとキッチンは北欧テイストの家具とナチュラルカラーの優しい色合いになっている。シンプルだが温かさがあり、リビングのソファはベッドと遜色ないほど大きい。

私としては気になるのはキッチンだ。アイランドキッチンはおそらく最新のもので、周りをくるっと一周する。

「すごいですね」

ビルトインタイプの自動食洗機もついていて、使いこなすまでに時間がかかりそうだ。ひとり言を呟き。史章さんを見る。

「みやっ――史章さん、よかったら料理は、私がしてもかまいませんか?」

まだ慣れない彼の名前をぎこちなく呼んで尋ねる。

「ああ。でも無理はするなよ」

「しませんよ。料理は好きなので、むしろここでお料理するの楽しみです。ちなみに史章さんは苦手な食べ物とかありますか？」

私の問いに、史章さんはしばし考え込む。

「……春菊は、好きじゃない」

意外なようで、なかなか癖のある食べ物だから理解できる。それよりも、真面目に答えてくれた史章さんになんだか嬉しくなる。

「わかりました。春菊は使わないようにしますね」

微笑んで返すと、史章さんが部屋を出ていこうとする。そういえばまだ部屋を案内してもらっている途中だった。

「ちなみに史章さん、私は主にどちらの部屋を使ったらいいでしょうか？」

「こっちだ」

私の問いかけに相手は素っ気なく返し、移動するので慌ててついていく。

私、今さらだけれど、本当に彼と結婚したの？

「ここを自室として使うといい」

案内された部屋は白と淡いピンク色を基調とした可愛らしい雰囲気で、私の好みそのものだった。他の部屋とはあからさまに異なるテイストだが、広さも機能性も十分あり、ソファやローテーブルが配置されたスペースの横にはパソコンなどで作業できるデスクエリアがある。

一目で気に入り、部屋の中をまじまじと見つめた。

「気に入ったか？」

「はい、とても！」

胸を躍らせ、飛び跳ねる勢いで反射的に返事をする。しかし、すぐに我に返って気を引き締めた。

「ありがとうございます」

静かに頭を下げる。

いけない。子どもみたいだとあきれられてしまう。

私は昔から絵本の中のお姫様に憧れ、可愛らしい雰囲気やものが大好きだった。母は私の好みを尊重してくれたが、父からはみっともない、伝統ある月ヶ華家の人間が西洋かぶれかと罵られ、自分の好みは間違っているのだと、好きな気持ちを押し殺した。きっと父が母のピアノを気に入らなかったのもそういう理由もあったのだろう。

それでも、服や小物などに少しだけ好きな色やデザインを取り入れてきて、社会人になった今も好みは変わっていない。

史章さんが使いそうもない部屋のデザインだから私に宛てがっただけかもしれないのに……。

「気に入ったならよかった」

どこか安心したような史章さんの表情に目を奪われる。

「次の部屋を案内する」

しかし、すぐにいつもの調子に戻って歩を進める彼に、慌ててついていく。

見間違い、かな？

「この部屋は？」

一番奥の右側にある部屋は、造りが他と違っていた。特殊で分厚い観音開きのドアを開けると、中は白を基調にしていて、物はとくにはない。

「防音室だ。今のところは使う予定はない」

まさかマンションに防音室まであるとは意外だ。楽器を習っていたり音楽をしたりしている人ならいいかもしれない。スタジオ……とはまた違う雰囲気で、なにもないのはもったいない気もする。

なにかに使うつもりなのかな。

尋ねる前に史章さんが先に進むのでついていく。

「ここは寝室」

続けて案内されたのはベッドルームで、ダークブラウンとオフホワイトの落ち着いた配色の中、クイーンサイズのダブルベッドが真ん中に配置されている。小さめの本棚や使い勝手が良さそうなベッドテーブルなどもあってゆったりとくつろげそうだ。

「史章さんの寝室ですか？」

なんの疑問も持たずに尋ねたら、彼は虚を衝かれたような顔になった。妙な沈黙に包まれたあと、彼は眉根を寄せて口を動かす。

「夫婦の寝室のつもりなんだが？」

彼の言葉に硬直する。続けて自分の浅はかさに嫌悪が溢れ出した。私たちは結婚して一緒に住むことになったのに、なにを聞いているんだろう。

それをどう受け止めたのか、史章さんが軽くため息をつく。

「別々がいいなら」

「い、いいえ。史章さんがかまわないなら、一緒でいいと思います！」

間髪を容れずに否定する。我ながら必死すぎて、今度は恥ずかしさで身を縮めた。

彼はただ、夫婦としての体面を保っただけかもしれないのに。

「……わかった」

短く返され、ドキリとする。どう受け止められたのかはわからないけれど、それ以上会話できないまま、私たちはリビングに戻った。

ここを自分の家として暮らすには、少し時間がかかりそうだ。なにもかもが私にとっては新しく、しばらくこの緊張は続くだろう。

ましてや、彼が一緒なのだから。

「茅乃に渡したいものがある」

不意に声をかけられ振り向いたら、彼は小さな紙袋を持っていた。そこに描かれているブランド名で、すぐに察しがつく。

「指輪ができたらしい」

そう言って私のそばに近づいてくると、史章さんはダイニングテーブルに袋を置き、中身を取り出す。

「取りに行ってくださったんですね。ありがとうございます」

袋には大きさの異なった箱がふたつ入っており、史章さんはまずは小さい方を手に取った。中には青みがかった黒いベルベット生地のケースがきっちりと入っており、さらにその蓋を開ける。

大きな一粒ダイヤの指輪が顔を覗かせた。

「これを――」

「あ、ありがとうございます、わざわざ婚約指輪も用意してくださって。また、必要なときにつけますね」

つい史章さんの言葉を遮るような形で、間髪を容れずに告げた。

「……ああ」

今さらながら、失礼だっただろうかとわずかに後悔する。けれど、余計な感情や期待を抱きそうになるのが怖かった。

指輪を決める際、史章さんは私に丸投げという感じではなく、意見もしつつ、それでいて私の希望や好みを大事にしてくれる。一緒に選べたのが嬉しい。

幸太郎さんとはなかったやりとりに戸惑う。

けれど婚約指輪はあくまでも形だ。彼の妻として必要に応じてつけるだけ。

史章さんもそのつもりで用意したのだろう。

自身に言い聞かせていると、史章さんがもうひとつのケースを開けた。中には指輪がふたつ。結婚指輪だ。

「わぁ」

並んでいる指輪を見て思わず声をあげってしまったが、すぐに気を引き締める。史章さんを見ると、彼はふいっと視線を逸らし、口元に手をやった。

浮かれているのがバレてしまったのかな。そんな立場ではないのに……。

「サイズは合うか？」

尋ねられ、我に返る。

「確認しますね」

ためらいなく私は自分の指輪に手を伸ばし、左手の薬指にはめた。指輪を選ぶ際に何度かはめたものの、自分の結婚指輪をこの指にはめるのは初めてで、慣れないひんやりとした金属の感触にどぎまぎする。

プラチナの指輪にはダイヤと私の誕生石であるアクアマリンが並んで埋め込まれ、輝きを放っている。左手をまじまじと見つめ、史章さんにそっと差し出した。

「ぴったりです」

「みたいだな」

思ったよりも優しい言い方に、私は早口で捲し立てる。

「ありがとうございます、私の好みを聞いてくださって」

部屋の件もそうだ。史章さんのさりげない気遣いは、優しくて温かい。でもなぜか苦しくなる。彼にとってはきっと、なんでもないことなのに。

「ずっとつけるなら、気に入ったものの方がいいだろ」

「あ、史章さんはつけないんですか？」

もしかして、という思いで尋ねたが、史章さんは少しだけ怒った表情になった。

「つけるつもりだが？」

「そ、そうですよね。すみません」

なにを言っているのだろう。自分が自分で恥ずかしくなる。

「謝らなくていい」

史章さんは、さっさとケースから自身の指輪を取り出した。

そういえば父も、母との結婚指輪はつけていた。でもそれは月ヶ華家の跡目として、結婚し家庭を築いているという一種の肩書きを示していただけだ。

彼だって……。

史章さんを見て、考えるより先に口が動く。

「私がはめてもいいですか？」

私の言葉に、自分で指輪をはめようとしていた史章さんは目を丸くした。

「あの、結婚式の練習にと思って」

たどたどしく言い訳する。不快にさせていたらどうしよう。やっぱり取り消そうか。

「どうぞ」

葛藤していると、あっさり返事がある。彼が持っていた指輪を渡され、慎重に受け取る。それから左手を差し出され、そっと彼の指先に触れた。

ピアノを弾いていたときも思ったけれど、指が長く爪の形も綺麗だ。でも骨張っていて私より大きい。男の人の手だと急に意識してしまい、心臓が早鐘を打ち出す。自分で言い出したのに。

硬くひんやりとした指輪と、温もりが伝わる彼の手の感触が対照的で、緊張しつつ彼の左手の薬指に私と同じデザインの指輪をはめる。

ある種の自分の中でのけじめだった。

史章さんがどんなつもりでも、結婚するなら、私は彼に誠意を尽くし、彼の良き妻になるよう精いっぱい頑張る。

私の結婚指輪は自分ではめたけれど、それでいい。史章さんに同じものを求めるのは間違っているし、その資格も私にはない。

「ちょうどいいな」

指輪をはめた手を見て、史章さんが呟く。

「よかったです」

ホッとして、今の状況がなんだか新鮮なものに感じた。

「おそろい、ですね」

不意に漏らすと、史章さんがこちらに手を伸ばしてきて、左手を取られる。触れていたのが触れられる側になり、体温が上昇しそうだ。

「そうだな。よろしく、奥さん」

彼の言葉と同じ結婚指輪に、今さらながらに実感する。私、本当に史章さんと結婚したんだ。

「お願いします、旦那さま」

心配したよりも、この結婚生活は上手くやっていけるかもしれない。

さりげなく私は彼の手を握り返した。


さっきからかすかに湿り気を帯びた自身の髪に何度も指を通して、手櫛で整える。

オレンジ色の間接照明が部屋を柔らかく照らし、目もすっかり慣れてきた。

不必要に髪を触るのはお行儀悪いと厳しく言われてきたのに、こうでもしないと平静を保っていられない。

荷ほどきや荷物の整理をして、夕飯は史章さんとマンション内にあるレストランで済ませた。

その際にぎこちなさはあるものの他愛ない会話を交わし、少しだけ打ち解けられた気がする。

けれど、これとそれとは話が別だ。

部屋に戻ってきてどちらが先にシャワーを浴びるか譲り合いの一悶着をしたあと、彼が仕事があると言うので私が先にバスルームを使ったのだが、問題はその次だった。

ベッドルームはひとつしかなく、しかも今日は夫婦として初めての夜――初夜になる。呑気に先にベッドに入って休むほど能天気にもなれず、かといって史章さんになにか声をかけることもできない。

おとなしくベッドの端に座り、肘の上で握りこぶしを作って身を固くしていた。

真っ新とはいえパジャマもごく普通の上下セパレートタイプでなにも準備らしい準備をしていない。考えていなかったわけではないし、結婚がどういうものなのかも理解している。

けれど初夜の過ごし方など知らないし、ましてや私は未経験だ。

不安で胸が押し潰されそうになる。

私、ちゃんとできるのかな？　そもそも史章さんはそんなつもりないかもしれないし。

考えれば考えるほど頭がこんがらがって息が乱れる。

でも、不思議と嫌だという感情はない。今日、はめたばかりの結婚指輪を見つめ、少し心を落ち着かせる。わからないことだらけなのに、史章さんを拒む気持ちはなかった。

そのときマナーモードにしていた電話が鳴り、心臓が口から飛び出そうになる。

ドキドキしながらスマホを見ると、相手は父だった。こんな時間に——と思ったが、おそらく仕事から帰ったところなのだろう。私の都合などいつもおかまいなしだ。

「もしもし？」

『茅乃、宮水の……夫の機嫌を損ねる真似だけはするなよ』

挨拶も前振りもない父の言い分に面食らう。

『宮水海運の代表がわざわざ電話を寄越してきてな。月ヶ華のお嬢さんとの結婚はありがたいし、未来の宮水海運の代表としても箔がつくと、な』

お酒でも飲んでいるのかと思うほど、父は饒舌で上機嫌だ。

史章さんは約束通り月ヶ華製網船具の再建のための提案を取締役会に通してくれ、

現代表である史章さんのお父さまが父に形式だとしても結婚のことでお礼を伝えてきたのは、父の自尊心を大いに満たしたようだ。

『宮水は賢い男だな。自分にとってなにが有益か的確に判断し、お前を選んだんだ』

料亭で会ったときとはまるで態度が違う。あまりにも現金な父に嫌悪感で顔をしかめる。

『たとえ宮水がよそで女を作っても騒ぎ立てするなよ』

しかしさらに父はあまりにも不躾な発言をしてきた。

『それが嫌なら早く跡継ぎを……月ヶ華の血を引く優秀な男児を生むんだな。お前はそのために選ばれたんだ。じゃないと、宮水みたいな男がお前を選ぶわけないだろう』

『茅乃みたいなタイプは大嫌いだろうから』

父の言葉に嫌な記憶がよみがえる。

『とにかく母親と同じ道は辿るなよ』

「……もしも、もしも私が男だったらお父さまはお母さまを少しは大事にしてくれていた？」

不意に抑揚なく尋ねると、父は一瞬沈黙した。跡継ぎが、男だということがそんなに大切なのだろうか。

『……かもしれないな。だが、そこには愛だとか必要はない。いちいち鬱陶しいことを口にするな。選ばれたからには役目を果たせ』

そこで電話は一方的に切られた。出なければよかったと後悔し、すぐに自己嫌悪に見舞われる。

なにを期待していたんだろう。「茅乃、結婚おめでとう」なんて。まだ一度もお祝いの言葉をもらっていなかった。今日、入籍したからもしかして……。

頭を振り、無意識に髪をひとつに束ねた。そのタイミングで寝室のドアが開き、思わず立ち上がる。

「どうした？」

口を開いたのは相手が先で、襟付きのパジャマを着て、髪を無造作に下ろしている史章さんが不思議そうな面持ちでこちらを見てきた。

初めて見る彼の姿にどぎまぎする。

「あの……」

「気を使わずに先に休めよ」

答えを探しているうちに相手が先を続け、私はつい頭を下げた。

「すみません」

やっぱり気を回しすぎたらしい。空回った自分が居たたまれなくなり、うつむいていると、頬に温もりを感じる。

「湯冷めしたら洒落にならない」

両頬に手を添えられ、彼と視線が交わった。史章さんは余裕たっぷりに微笑む。

「もしかして俺を待っていたのか？」

からかい混じりに聞かれ、ためらいつつ頷く。

「……はい」

するとどういうわけか、史章さんは大きく目を見開いた。

その反応に、馬鹿正直に答えた自分を呪う。やはり余計なことだったんだ。

「でも」

慌ててフォローしようとした瞬間、今度は正面から抱きしめられた。薄いパジャマの布越しに伝わる体温、回された腕の感触、厚い胸板、初めての事態にパニックを起こしそうになる。

「それは、待たせたな」

優しい声に胸がときめき、なぜか泣きそうになった。先ほどとは違い、大きな手のひらが頬を撫で、至近距離で彼と目が合う。

ゆるやかに顔を近づけられ、静かに目を閉じようとした。けれど——。

『宮水みたいな男がお前を選ぶわけないだろう』

『お前なんて大嫌いだ』

気がつけば彼の口の前に手のひらをやり、彼の口を塞ぐ形になっていた。

「あっ……」

目を丸くしている史章さんに、私はたどたどしく続ける。

「あの……私たち、夫婦にはなりましましたけれど……。その、愛し合って結婚したわけじゃないですし……キスはしなくていいと思います」

なにを子どもみたいな屁理屈を捏ねているんだろう。夫婦になった時点ですべて受け入れる覚悟はしていたのに。

こんな駄々っ子のような勝手な言い分、あきれられて一蹴されるだけだ。

「わかった」

しかし、私の耳に響いたのは予想外の一言だった。続けて彼は私の手首を掴み、そっと口から離す。

「そうだな。無理をする必要はない」

どこか皮肉めいた笑みを浮かべる史章さんに、胸が締めつけられる。

彼も納得してくれたならよかった。気持ちがないのに無理をさせても——。

そのとき掴まれていた手を力強く引かれ、不意打ちにバランスを崩しそうになった。

彼のもう片方の手は腰に回され、そのままベッドにうしろから倒れ込む。

突然視界が大きく揺れ、背中にベッドの感触を受けた。ギシッとスプリングが軋む音と振動が伝わり、鼓動が速くなる。私ひとりだけならここまではっきりとベッドは沈まないだろう。けれど重みはふたり分だった。

私に覆いかぶさり、至近距離で見下ろしてくる史章さんの表情は怖いくらい真剣で、瞬きひとつできずに硬直するしかできない。

彼はそんな私の顎に手を掛け、親指で唇をゆるやかになぞった。

「あいにく、たとえ愛し合っていなくても、俺は自分のものになった妻に手を出さないほど人間ができてないんだ」

唇の横すれすれに柔らかい感触があり、声をあげる間もなく、頬、目尻、鼻の頭、額と顔中のいたるところに口づけを落とされ、私は戸惑いつつも静かに受け入れる。

ところが、耳にキスをされると、打って変わって体がびくりと震えた。

「あっ」

意図せず吐息混じりの声が漏れ、ぎゅっと唇を噛みしめる。そんな私にかまうことなく史章さんは耳たぶや耳の輪郭にまで唇を押し当てていく。

「んっ」

初めての感覚に怖くなり、無意識にぎゅっとシーツを掴もうとしたら、その手を史章さんに取られ、指を絡めて握られる。ごつごつと骨張っている長い指、大きな手のひらはあきらかに男の人のものだった。

一方でねっとりとした舌が顔の輪郭をなぞるように這い、さすがに体が強張る。

「あ、やだ」

抵抗したいのにできない。首を左右に振ろうとしたら、今度は首筋に唇が添わされる。吐息や舌の感触が薄い皮膚越しにダイレクトに伝わり、史章さんに触れられた箇所が火傷したみたいに熱い。熱が生まれ体の中にこもっていくのに、鳥肌が立ってわけがわからない。

「嫌ならもっと必死で抵抗したらどうだ?」

顔を上げた史章さんに囁かれるが、頭が回らない。ただひとつ、答えられるのは――。

「嫌、じゃない……です」

蚊の鳴くような声で返す。

嫌じゃない、嫌じゃないから苦しいんだ。

史章さんがどんなつもりでも、私は彼を拒めない。結婚したからとか父や月ヶ華製網船具のためとか、それだけが理由じゃない。

再会してから、史章さんには心揺さぶられてばかりだ。忘れたくて、消したくて、必死に抑えていた気持ちが、いとも簡単に溢れ出していく。

好き。こうして触れられるのを受け入れるのも、彼が好きだからだ。

自覚して、すぐに後悔する。

こんな想い、彼にとっては迷惑なだけなのに。

そのとき、大きな手のひらが頬に添わされ、我に返った。目が合うと、彼の形のいい唇が動く。

「茅乃」

低く艶っぽい声はよく通り、私の心臓を跳ね上がらせた。なにより史章さんに名前を呼ばれたのは初めてで、胸が締めつけられる。

なにも言えずに彼を見つめ返していると、前開きのパジャマのボタンが器用に外されていき、肌が空気に晒されていく。

羞恥心で体が熱いのに、さらに彼の手がゆるやかに肌を撫で思わず声が漏れた。

「んっ」

自分でも聞いたことがないような甘ったるい声に、唇を噛みしめる。

これ以上、史章さんに嫌われないようにしないと。

ぎゅっと目を閉じると途端に不安が広がる。経験がなくても、このあとの展開はわかっている。覚悟もしている。

身を固くしていたら、不意に彼の親指が私の下唇を撫でた。驚きで目を開け、至近距離で視線が交わる。

「そんな顔をするな。今は俺のことだけを考えてろ」

自分は今、どんな顔をしているの？

わからない。ただ、そう告げる史章さんの表情はつらそうなものに思えた。

史章さんこそ、どうしてそんな顔をするの？

やっぱり私のことが……嫌いだから？

「大丈夫だ。なにも心配しなくていい」

宥めるように囁かれ、涙の膜で視界が歪む。おそろいの指輪が、今は悲しい。

愛し合っていないのに、キスもしないのに――触れる手はどこまでも優しくて、顔や体に落とされる口づけは甘い。愛されているような錯覚に溺れていく。

彼になら全部捧げてかまわない。体も心も。

結婚したからではなく、こんなふうに思えるのは、相手が史章さんだからだ。


スマホのアラームが遠くで聞こえ、無意識に手を伸ばすが届かない。早く止めないとうるさくなる。しかしアラームはピタリと止まった。違和感にうっすらと目を開け、そこで意識がクリアになる。

「朝ごはん」

支度しないと、と体を起こすが下腹部に残る鈍い痛みとなにも身にまとっていない状況に、慌ててベッドの中に潜る。

昨晩の記憶がありありとよみがえり、頬がかっと熱くなった。反射的に身を縮め、息をひそめる。

待って。体を重ねるってあんな恥ずかしいことなの？

見られるのは多少覚悟していたけれど、見られるだけでは済まなかった。自分でも触れないようなところまで彼の手にくまなく愛撫され、約束通り唇にはキスをされなかったけれど、それ以外にたくさん口づけられた。

彼の手と唇の感触がしっかりと肌に残っていて、胸が苦しい。

もっと割り切ったものを想像していた。それなのに、まるで恋人みたいに大事に扱われて、愛されているって錯覚してしまいそうな抱き方に戸惑いが隠せない。

私が初めてだから、気を使わせたのかな？　でも彼は元々優しい人だ。相手が私じゃなくたって――。

そこで気持ちを切り替える。

それよりも私、ちゃんとできた？

彼を受け入れるのに精いっぱいで、なにもできなかったし、考えられなかった。妻としてどう振る舞うべきなのかと考える余裕もなく、言葉通りされるがままで、つい恥ずかしさと未知の経験に涙もこぼれていた。

目をこすって瞬きを繰り返す。

そういえば史章さんは――？

きょろきょろ辺りを確認したのと同時に、ドアががちゃりと開いた。

「起きたか？」

パジャマどころか、ワイシャツにスラックスをきっちり着ている史章さんが、ゆっくりと近づいてくる。その姿を見て照れよりも先にさっと血の気が引いた。

「すぐに朝食を」

「いい。もう出る」

冷静に制され、言葉が続かない。今日は日曜日だからと完全に油断して出遅れてしまった。

「すみません」

彼の予定をきちんと把握していなかった私のミスだ。落ち込んでいると頭に温もりを感じる。

「謝らなくていい。少し休んでおけ」

「……はい」

彼の気遣いに素直に頷く。でも内心では自己嫌悪の渦が巻き起こっていた。

「茅乃」

名前を呼ばれ顔を上げると、史章さんはなにか言いたげな面持ちだ。どうしたのかと尋ねる前に彼の口が動く。

「いや、なんでもない」

ところが、ふいっと視線を逸らされ、彼は踵を返した。おかげで聞くこともできないままその場で史章さんを見送る。

本当は玄関まで行きたいけれど、状況が状況だ。ひとり部屋に残され、改めて今の自分の状態を思い出し、掛け布団にくるまる。

ああ、もう。私、妻としての役目が全然果たせていない。

初夜も初めて迎える朝も、なにひとつ上手く立ち回れなかった。

史章さん、あきれているよね？

『結婚してよかったって思わせてくれるんだろ？』

彼の言葉を思い出し、気合いを入れる。頑張らないと。

少しでもいいから私と結婚してよかったって思ってほしい。

ひとまずシャワーを浴びようとこのあとの流れを頭の中で組み立てた。


ウキウキしつつ夕飯のメニューを考える。

家事は一通りこなせるが、その中でも料理が一番好きなのは変わらない。ましてや自分だけのためにではなく、誰かのために作るなんて久しぶりだ。明日は月曜日で私も仕事だし、できるなら今日、いろいろ下準備や作り置きしておこう。

仕事も食品関係に勤められたのは幸いだ。忙しいけれど充実している。

そこでカレンダーを確認して気づく。

今週の金曜日、三月二十八日は私の誕生日だ。ここ数年は、自分のためにお気に入りのケーキ屋さんでケーキを購入して、好きなものをひとりでひっそり食べるのが定番なのだが、今年はどうするべきか。

婚姻届を書くときに生年月日を書いたから、史章さんは知っている……のかな？

とはいえ彼になにかをねだるつもりも期待するつもりもない。

母が亡くなり、誰かに誕生日を祝ってもらう習慣はとっくに消えていた。学生時代は、ちょうど春休み期間とかぶっていて友人と会うのも難しく、社会人になってからあえて誕生日の話題を出すこともほぼない。

幸太郎さんからは、誕生日に決まった品を贈られてきていたが、誕生日当日に会ったり直接お祝いの言葉をもらったりなどはない。そこまで望むのは贅沢だと思っていた。

史章さん、一緒にケーキを食べてもらうくらいなら……してもらえるかな？

お祝いしてほしいとは思わない。ただ夫婦として、少しずつでもいいから彼と過ごす時間を増やしたかった。

「急なんだが木曜日から二泊三日で出張する」

「そう、なんですか」

帰って来た史章さんが開口一番に報告してきて、ほんの一瞬、残念だと顔に出してしまい、急いで笑顔を作った。

「わかりました。きちんと留守は預かりますから。お仕事、大変だと思いますけれど、無理なさらないでくださいね」

「ああ」

当然だが、誕生日に関してなどなにもない。私も余計なことは言わず、ふたりでテーブルについた。

夕飯は豚肉と春キャベツの重ね蒸しをメインに、鰆《さわら》のポワレ、ほうれん草の和え物となめこと豆腐のお味噌汁を用意した。

何度か彼と食事を共にしたが、こうして手料理を振る舞うのは初めてだ。

「お口に合いますか？」

「お前の料理は初めてじゃないからな」

ドキドキしながら尋ねると、お味噌汁のお椀を持ちながら史章さんはおかしそうに答えた。予想外の返事に目を丸くし、そういえば高校生の頃、お礼と称して一方的に彼にお弁当を作って渡していたのを思い出す。

大胆というか、怖いものなしというか。なんとも一方的だった自分が恥ずかしくなる。

「そ、そうですね。あの頃より多少は料理の腕も上がっていると思います」

「いや、あのときも十分、旨かったよ」

さらりと返され、胸が詰まる。あのとき、彼の口からそんな言葉はなかった。でもいつも空になったお弁当箱を返され、すごく嬉しかったのを覚えている。

自分のためだけに作っていたお弁当が、誰かのためにとなったとき、とても温かくて、自然とより一層気合いが入った。食べてくれる人のことをあれこれ考えて料理するのは楽しいし、幸せだ。美味しいと思ってもらいたい。喜んでもらいたい。

私が食品関係の仕事に進んだ原点は、史章さんへのお弁当作りがきっかけだったのかもしれない。

「お弁当……また作ってもいいですか？」

無意識に口にして、すぐに我に返る。高校生だったときとは違う。彼は今や宮水海運の代表取締役副社長で、次期社長となる立場だ。忙しく、それなりに付き合いもある。わざわざお弁当を用意する必要はないだろう。

「ああ。毎日ではなくても、茅乃の気が向いたときでかまわない」

どうフォローするべきかを迷っているところに、彼が静かに返してきた。一瞬でぱっと心が明るくなる。

「私、週に何度かお弁当を持って職場に行っているんです。自分の分を作るのでよかったら……」

「それでいい。必要ないときは知らせる」

「はい！」

嬉しくて笑顔で返事をすると、史章さんが目を細めた。

「お前が作ってもらえるような喜び方だな」

「す、すみません。でも史章さんのためにまたお弁当を用意できるのが嬉しいです」

嘘偽りのない気持ちで返す。高校生のときは押しつけに近かったけれど、今は違う。相手に望まれるなんて幸せだ。

夕飯の片づけを済ませ、お風呂にゆったりと入り寝支度を整えながらふと考える。

そういえば今日も、その……史章さんと、するのかな？

昨晩の流れを思い出し、顔が熱くなる。

い、嫌じゃなかったけれど……でも、その……。

ひとり悶々と考えてもしょうがない。

そういうことは史章さんに任せよう。求められたら拒む理由はない。私たち、結婚したんだもの。

結婚指輪を見てひとり頷く。緊張しつつリビングに顔を出すと、史章さんはリビングの一角にあるワークスペースでパソコンと向き合っていた。

真剣な眼差しに声をかけるのをためらっていたら、先に彼がこちらに気づく。

「あの」

「出張前に立て込んでいる案件があるんだ。まだかかりそうだから、待たずに先に休んでおけ」

冷たくはないが、どことなく疲れている様子に少しだけ心配になる。

「はい。あ、コーヒーでも淹れましょうか?」

「かまわない。おやすみ」

そう言って彼の視線はパソコンの画面に戻った。厳しい表情に切羽詰まっているのがうかがえ、これ以上は邪魔になるだけだと悟る。

「おやすみなさい」

小声で返し、彼に背を向けた。無理はしてほしくないが、彼が忙しい人なのはわかっている。

こういうとき妻としてできることってなにかな？

あんなに緊張していたのが嘘のように、今日はすんなりベッドに入った。史章さんがあとから来るのを想定して、右側に寄ってみるが十分な広さがある。クイーンサイズのベッドはひとりで寝るには大きすぎて逆に心許ない。

史章さんが来るまでは、起きておいた方がいいかな？

あれこれ考えつつ目が冴えて眠れない。どれくらい待っていたのか。

少なくとも日付が変わって、眠たさに耐えられず私が意識を手放すときになっても、史章さんは寝室に現れなかった。

朝起きたときにもベッドに史章さんの姿はなく、一気に目が覚める。慌ててリビングに向かい、すでに起きていた史章さんに事情を聞くと、どうやらリビングで作業して、そのままソファで眠ってしまったらしい。

「疲れ取れませんよ！　今日はベッドで眠ってくださいね」

「わかった」

短く返され、そこからバタバタと朝の準備などを始める。ソファで寝てしまうほど疲れているのか。余裕のない状況なのか。

あれこれ考える一方で、一瞬ある可能性が浮かんだ。それをすぐに打ち消す。本当に忙しいだけだ。

もしかして……避けられている？

史章さんは遅くまで作業しつつ、寝るのにはリビングのソファを使い続けている。水曜日になり、さすがに三日も連続となると、忙しさや面倒だけが理由ではないと勘ぐってしまう。

だってリビングから寝室まで距離があるわけではないし、休もうと思って寝室に来るのはそれほど手間ではないはずだ。

私がいるから？　私のせい？

仮にそうであったとしても、「私のせいですか？」と尋ねて、史章さんが肯定するはずはない。「ベッドでちゃんと寝てくださいね」というのを毎晩伝えているものの、これ以上はどうしようもないのかな。

いくらリビングのソファが大きいからって、ベッドで寝るのとでは、疲れの取れ具合は全然違う。

どうしよう。史章さん、明日から出張なのに。

史章さんは今、シャワーを浴びている。いつもなら私は先に寝室で休んでいるけれど、今日はリビングで落ち着かずに、どうすればいいのかをあれこれ考えていた。

いい案が浮かばず、なんとなくスマホでいろいろと検索してみる。夫が忙しいとき、妻としてどうすればいいのか。

明確な答えなどあるはずもないし、インターネットの世界に正解を求めるのも間違っている。

でも正直なところ、自分の身の振り方がわからない。答えの決まっている試験でどんなにいい成績を収めても、こんなときまったく役に立たなくて、情けない。

少しでも史章さんにとっていい妻になりたいのに……。

なにかヒントになったらと期待しつつ差し障りのないコラムから各々の体験談など適当に流し読みをする。そのとき、ある投稿が目に入った。

【親の勧めで納得して結婚しましたが、愛し合って夫婦になったわけではないので一緒に住み始めたものの苦痛がすごいです。同じベッドどころか同じ部屋で寝るのも嫌です】

ドキッと胸になにかが突き刺さったような感覚。心臓が早鐘を打ち出し、息が上手くできない。

きっぱりとした文面には投稿者の強い意志がうかがえた。どうすればいいのか、と締めくくられているが、質問に対する大多数の回答は離婚を勧めている。

『お前なんて大嫌いだ』

そう、だよね。好きでもない相手と一緒に寝るなんて、苦痛以外のなにものでもない。初めての夜は、結婚したから義務で体を重ねたのかな？

『それが嫌なら早く跡継ぎを……月ヶ華の血を引く優秀な男児を生むんだな。お前はそのために選ばれたんだ』

父の言葉を思い出し、胸がズキリと痛む。

とにかく、今は傷ついている場合じゃない。もうすぐ史章さんがシャワーを終えリビングにやってくる。

リビングのドアが開き、史章さんが近づいてくる気配を背中で感じる。けれど顔を見ることはできない。

今、私は背もたれの方に体を向け、ソファに横になっていた。私がソファで先に眠っていたら、史章さんは否が応でもベッドを使うと考えたのだ。

我ながら短絡的なのもいいところだ。史章さんの迷惑にしかならないかもしれないが、他にいい方法が浮かばなかった。

史章さんがこちらにゆっくりと近づいてくるので、不自然にならない程度に目をつむり、寝たふりをする。

背を向けているので顔を見られてはいないが、敏い彼に気づかれやしないかとヒヤヒヤする。

どうしよう？　バレたかな？　さすがに「起きろ」って声をかけられたら、素直に応じないと。

ドキドキしている間に、彼はソファのすぐそばに立ち、こちらをじっと見下ろしてきた。見えなくても気配などで状況は簡単に想像がつく。一方でさっきからうるさい心臓の音が彼に聞こえてしまうのでは、と本気で心配していた。

すると彼がため息をつき、この場から離れていくのがわかった。バレずに済んでよかったと安堵する反面、鬱陶しいと思われたんじゃないかと胸が苦しくなる。

どう思われてもいい。これで史章さんがベッドで休んでくれるのなら。

ぎゅっと握りこぶしを作り、身を縮めたときだった。

ふわりとタオルケットのようなものが肩から下にかけられる。驚きで目を開けそうになるのをぐっと堪えた。どうやら私のためにかけてくれたらしい。

続けて彼はパソコンに向かい、クリックやときどきキーボードの音が静かなリビングに響く。彼から見えないだろうとそっと目を開けると、視界にはソファの背もたれのみになり、それを見つめながら彼の優しさを噛みしめた。

史章さんにとって私の存在は邪魔にしかならないかもしれないのに……。集中力を欠かせるようなら申し訳ない。

でも、見えなくても史章さんが近くにいる気配にホッとする。

一緒のベッドで寝なくても、同じ寝室ではなくても、これくらいの距離は許してほしい。

新婚にしては遠くても、こうして彼のそばにいられるのは嬉しいと感じる。もっと近づきたいって思うのは、ワガママなのかな。

そうこうしているうちに瞼が重くなってくる。

意外とこのソファ、寝心地悪くないかも。

そんなことを考えていたら、あっという間に意識が沈み、私は夢の中に旅立っていった。

温かい。誰かに頭を撫でられている。こんなふうにされるのはいつ以来だろう。

大きな手のひらは心地よくて、もっとしてほしくなる。

うっすらと目を開けると、至近距離に史章さんの顔があった。彼は私と同じように横になり、彼に抱きしめられる形で私たちは向き合っている。

彼と目が合い、嬉しくなって私は微笑んだ。そのまま彼に抱きつくようにして身を寄せる。

「史、章さん」

よかった。一緒に寝てくれるんだ。私のこと、嫌いだから同じベッドで寝るのを避けていたわけじゃないんだ。

安心して涙が出そう。

「茅乃」

名前を呼ばれたので顔を上げたら、史章さんが私の前髪を掻き上げ、額に口づけを落とした。次に瞼、目尻、頬とキスをされ、おとなしく受け入れる。

そっか。これは夢なんだ。

だって史章さんの目、すごく優しくて、愛おしそうに私を見つめてくれる。

夢なら、私のことを好きでいてもらえないかな？　好きならキスしてもらえる？

じっと彼を見つめていたら、頬を撫でられ、親指で唇をなぞられる。乾いた指の感触を私は知っている。けれど唇が重ねられることはなく、次に耳に触《ふ》れられ、耳たぶに唇を寄せられた。

思わず身をすくめるが史章さんの手は止まらず、首筋を撫でられ、パジャマの襟元から入った手が鎖骨に伸ばされる。

「あ」

不快感はないのに、ぞくぞくと体が震え、ぎゅっと目を閉じる。夢だからか、頭が回らない。

私はもっとしてほしいの？　この前みたいに……。でも。

「キス、は」

してもらえないままだ。夢なのに愛されていないと、ここでも突きつけられる。私の言葉に史章さんは目を見開いて固まっていて、その姿に涙が溢れそうになる。

困らせたい、わけじゃないのに――。

謝罪しようとする前に、史章さんにぎゅっと抱きしめられなにも言えなかった。

この温もりがあれば十分だ。ワガママは言えない。

『結婚してよかったって思わせてくれるんだろ？』

私がもっと頑張らないといけないんだ。

アラームが鳴る前に目が覚め、しばらく瞬きをして天井を見つめる。次の瞬間上半身を起こし、頬に手を添えた。意識せずとも熱が集中して顔が熱い。

な、なんて夢を見ているの、私!?

あまりにもリアルな内容に、現実だったのか夢だったのか混乱する。しかし次の瞬間、自分がソファではなくベッドにいる状況に気づき、慌てて寝室を飛び出した。

もしかして夢じゃなくて……。

目指すはリビングで、ドアを開けた瞬間、私は目を瞠った。

そこにはソファで横になっていたのか、今起きたばかりの史章さんが上半身を起こし、大きなため息をついていた。

「おはよう、ございます」

「ああ」

寝起きだからかぶっきらぼうに返され、私はすぐさま回れ右をする。

どうやらソファで私が寝て、史章さんにベッドを使ってもらおうという作戦は、あえなく失敗に終わったらしい。それどころか史章さんに寝室まで運ばせてしまった。

さらには、あんな夢まで見るなんて……。穴があったら入りたい。

現実は一緒に寝るどころか、わざわざ私を寝室まで運んで、史章さんはソファを使って別々に寝るようにしたんだ。

チクリと刺さる胸の痛みには気づかないふりをする。自室で着替え、気持ちを切り替えた。今は史章さんを送り出すことだけを考えないと。

妻の務めだと言い聞かせ、朝ごはんの支度にとりかかった。仕事に向かう準備をしつつ先に出る史章さんを見送る。

「お忙しいとは思いますけれど、無理しすぎないでくださいね」

「わかっている」

あっさりした返事に、私はつい唇を尖らせる。

「わかってませんって。連日、ベッドで眠れないほど無理していたじゃないですか」

徐々に口調は弱くなっていった。だって彼がベッドを使わない理由は——。

思考も視線も沈みそうになる。そのときふと頭に温もりを感じた。

「心配をかけたな」

申し訳なさそうに告げる史章さんに、素早く首を横に振る。

「いいえ。出しゃばってすみません。お気をつけて」

気を取り直して彼の方を向くと、視線が交わる。さりげなく距離を縮められ、頬に口づけられた。

「行ってくる」

「は、はい。いってらっしゃい」

狼狽える間もなく、史章さんは行ってしまった。一緒に住み始めてから朝のお見送りはしていたけれど、こんなふうに触れられるのは、初めてだ。

出張前だから？　史章さんも歩み寄ろうと努力している？

ドキドキしつつ気持ちが浮上する。我ながら単純だと思いつつ私も家を出る。


職場である錦食品で、私は海外製品開発部門に配属されている。食のグローバル化が進み、どこにいても世界各国の料理が食べられるようになりつつあるが、実際はそこで暮らす人々の舌に合うよう手を加えられたものが多い。

それは自然なことであり、世界的に和食が注目される中でさまざまな国でも和食を楽しんでもらうために、現地で生活する人の好みに合わせた和食の調味料や加工品などの開発を行っている。

「月ヶ華さん。昨日、チーフに出していたデータ、ＯＫもらったから会議用の資料に付け加えておくね」

「はい。ありがとうございます」

配属された当時は、食品を扱うのがメインだと思っていたが、実際は製品開発をする前のデータ収集や情報の整理などが多かったりする。

それでも食に携われるのはやはり嬉しい。私が関わってできた製品が誰かの料理に使われたり、食事として楽しんでもらえたりするなら、やりがいは十分にある。

「どう、新婚生活は？」

一息ついたタイミングで先輩の吉田《よしだ》芭奈《はな》さんに声をかけられた。誰にでも気さくでハキハキしていて、仕事もできる素敵な女性で私の憧れだ。

肩下まである髪をいつも綺麗にまとめ上げていて、メイクも服装も大人っぽい。昨年結婚し、私が結婚する際に会社に提出する書類の手続きや上司への報告のタイミングなど、なにかと相談に乗ってもらっていた。

彼女同様、私も職場では旧姓のままでいる。

「……普通、だと思います」

質問に対し、とくに感想らしい感想はない。躱そうとしたつもりはないけれど、ひねりのない返事だという自覚はある。

「普通って……。せっかくなんだからノロケてよー」

歯切れの悪い私に、先輩は気にせず明るく返してくる。

「月ヶ華さんと結婚できるなんて相手の方、幸せね」

しかし先輩の発言をそのまま受け入れることはできなかった。

「どう、でしょうか。月ヶ華の人間というだけで、私自身はなにもしていないんです。だから、彼が幸せなのかどうか……」

謙遜よりも、不安な気持ちが勝手に漏れる。

私、月ヶ華の名前以外になにかある？　史章さんは幸せなのかな？　そのために私ができることってなに？

「相手の方が幸せだって思ったのは、月ヶ華さん自身が素敵だからよ？　月ヶ華さん、なんでも持っているし」

「え？」

回り出す思考の渦を予想外の切り返しが止め、つい驚きの声をあげる。すると、先輩は困惑気味に笑った。

「家柄がいいのに加えて、美人で品もある。嗜む趣味や特技はいくつもあって、おまけに優秀。名前だけじゃないわよ。聞く限り、旦那さんも素敵な人で羨ましいを通り越して納得しちゃうわ」

ストレートな褒め言葉に、虚を衝かれる。とっさに否定したくなったが、素直に頭を下げた。

「ありがとうございます。でも仕事に関しては全部先輩のおかげですよ」

「あら、嬉しいこと言ってくれるわね」

そこで顔を見合わせ笑った。父から否定され続けたせいか、つい褒められても打ち消してしまいそうになる。でも実家を離れて、少しずつ変わっていこうと決めた。

「そのピアス、素敵ですね」

ふと目についた彼女のピアスの感想を漏らす。紫色の宝石が一粒、耳たぶでキラリと輝いていた。

「ありがとう。これ先月の誕生日に夫がプレゼントしてくれて」

ぱっと顔をほころばせ、先輩は耳に手をやった。なるほど、二月の誕生石はアメジストだからきっと合わせたのだろう。

「旦那さん、優しいですね」

「本当は違うものが欲しかったんだけどね。でもせっかく用意してもらったから。両親からは本命の自動掃除機をもらったの」

嬉しそうな彼女に私は目を細めた。一方で、心の中がチクチクと痛む。それには気づかないふりをして、先輩の話を聞いていた。

翌日の金曜日、いつも以上にやる気を出して仕事を早めに終わらせた。とくに約束や用事があるわけではないけれど、今日は私の誕生日だ。

今年もお気に入りのパティスリーで予約していたケーキを仕事帰りに取りに行き、家路を急ぐ。甘すぎない生クリームとしっとりしたスポンジが絶妙の苺のショートケーキと、苺がたっぷりのったサクサク生地の美味しい苺のタルト。二個食べるのが誕生日のお決まりだった。

自分へのプレゼント、今年はなににしよう?

いつもは前もって欲しいものをピックアップしておくのに、今年は史章さんとの結婚があり、じっくり選べていなかった。

『これ先月の誕生日に夫がプレゼントしてくれて』

そこでふと、昨日の先輩の顔が浮かぶ。

本当に欲しいものではなかったと言いつつ、旦那さんからもらったピアスを大事そうにつけている先輩は幸せそうだった。

『両親からは本命の全自動掃除機をもらったの』

いいな。

無意識に浮かんだ考えを強制的に振り払う。この感情はよくない。呑み込まれたら、だめだ。けれど、溢れ出しそうな黒いものが止められず、息が苦しくなる。

『月ヶ華さん、なんでも持っているし』

そんなことない。

結婚しても誕生日はひとりぼっちだ。彼女のように祝ってくれる夫も、両親も私にはいない。

それがなんなの？　今までもそうだったじゃない。

去年も自分でお祝いした。今年も同じだ。幸太郎さんにも祝ってもらったこともないし、結婚したからって史章さんになにかを期待するのは間違っている。望んだらいけない。

傍から見たら、私はものすごく恵まれているんだ。

月ヶ華のお嬢さまだから何不自由ないだろうとか、悩みなく人生を送っているんでしょとか、好き勝手に言われるのは日常茶飯事だ。

他人にとっては、私の抱えているものなど興味ないし、見えるところがすべてだろうから。

だから傷ついたり、相手にしたりする必要はない。笑みを崩さず、あるものに感謝しないと。不満や不平なんて言ったら、ばちが当たる。

無心で歩いていたら、不意に花屋が視界に入った。

お花でも買って帰ろうかな。

実家では自室に少しだけ飾るのが精いっぱいだが、気持ちが沈んだときやなんとなく気が向いたときに、自分を元気づけようと気分転換を兼ねてときどき花を買っている。

元々母が好きで、生きていた頃には家によく花が飾られていた。私はピンクや白の花が好きで、こっそり花瓶から気に入った一本を抜いて、持っていったりした。

思い切って花屋に足を向けようとしたとき、店の半分のシャッターが閉まる。店員さんが外に並べている花を次々中に入れ、片づけ始めた。おそらく閉店の時間なのだろう。今ならギリギリ間に合うかもしれないが、迷った末、諦める。

どうしてもっていうわけじゃない。

ただ、タイミングの悪さに少しばかり凹んだ。

しょうがないよね。それに史章さんの許可なくお花を飾るのはよくないかもしれない。お花が好きじゃない可能性だって……。

実家でいたときみたいにこっそり自室だけに飾る？　そこまでしないとならない？夫婦なのに。

とはいえ結婚した実感は、実はあまりまだない。

私、本当に宮水茅乃になったのかな？　職場でも旧姓のままだし、呼ばれる機会もほぼないし……。

結婚指輪を見て、軽くため息をつく。けれど気を取り直し、マンションへと急ぐ。

食欲はないので、夕飯はサラダで済ませよう。

オレンジ色の照明が広々としたエントランスを煌々と照らしている。明るすぎず、落ち着いた雰囲気にぴったりだ。

集合ポストを開けて中身を確認する。するといくつかの郵便物の上にメモが置かれていた。

「荷物？」

内容は、私たちの部屋宛に荷物が届いていて、コンシェルジュが預かっているというものだった。

こういうとき、荷物の受け取りや発送を代わりにしてくれるコンシェルジュの存在はありがたい。私はエレベーターではなく、カウンターへと向かう。

「こんばんは。二一〇一の宮水ですが、荷物を預かっていただいているとお聞きしまして……」

そう言いながらメモも見せる。

「おかえりなさいませ、宮水さま。しばしお待ちください」

初老の穏やかな男性コンシェルジュはメモに目を通し、奥のスペースに消えていった。たぶん史章さん宛のものだろう。

「宮水茅乃さま」

ところが不意に名前を呼ばれ視線を戻すと、男性が持ってきたものに目を瞬かせる。

彼が大事そうに抱えているのは、大きめの花束だった。

「宮水茅乃さま」

「は、はい」

確認するように名前を呼ばれ、返事をする。名字を宮水で呼ばれる機会がほぼなかったので少し緊張してしまうが、男性はにこりと微笑んだ。

「宮水史章さまからです。どうぞ」

丁寧に手渡され、私はバランスを取りながら両手で受け取った。

荷物が花束だったのにも驚いたけれど、自分宛でましてや史章さんからだなんて。

あまりにも予想外の出来事に頭がついていかない。そのとき、花束の包装の間に小さなメッセージカードに気づく。

【Happy Birthday】

元々印字された文字だけで他にはなにもない。それでも目にした瞬間、泣きそうになった。

どうして?

誕生日だって伝えていないし、史章さんもなにも言ってなかった。婚姻届を書いているときに知ったとしても、こんなサプライズを用意してくれるなんて。

嬉しい。義務でも義理でも、史章さんの気遣いが。

ずっしりと重みがあるほど大きい花束だけれど、匂いはきつすぎず、ふわっと生花の香りが鼻を掠め、彩りが目を楽しませる。

大輪のピンクガーベラをメインにピンクカーネーションやピンクのバラ、アクセントに白いバラやカスミソウも添えられていた。

あまりにも私好みで驚く。

コンシェルジュにお礼を告げ、今度こそエレベーターで部屋を目指した。

さっきまでの沈んだ気持ちが嘘みたい。

花瓶、どこにあったかな？

帰宅後、夕飯をそっちのけで花瓶を探し、無事に見つけ出してリビングに飾る。

ひとつの花瓶に活けるには量が多かったので、別の花瓶で自室にも飾った。嬉しくスマホで写真を撮り、満足する。

やっぱり、史章さんに連絡した方がいいよね？

結婚する前も、してからも、お互いに連絡は必要最低限しかやりとりしない。

ましてや今、史章さんは仕事中なので邪魔にならないように連絡はまったく取っていない。相手も同じだ。

でも、花束を無事に受け取ったって伝えた方がいい……よね？

時計を確認したのち、意を決して電話をかける。

呼び出し音がやけに大きく聞こえる。それに比例して私の心臓の音も大きくなっていく気がした。やがて相手が出た気配がして、間髪を容れずに口を開く。

「お疲れさまです。あの、お花、受け取りました」

あ、今電話が大丈夫だったか先に聞くべきだった？

後悔に駆られているところに相手から返事がある。

『ああ。悪かったな、こちらが勝手に選んで』

「い、いいえ。私、お花が欲しかったんです」

迷いなく言い切ったものの信じてもらえるのか不安になり、すぐさま補足していく。

「本当なんです。仕事帰りに買おうか迷って、でもタイミングが悪くて買えずに帰ってきたら――」

そこで電話の向こうから、くっくっと喉の奥で押し殺したように笑う声が聞こえてきた。一瞬、聞き間違いを疑う。

史章さん……笑ってる？

『わかった。気に入ったのならよかった』

声のトーンで勘違いではなかったと確信する。目をぱちくりとさせたあと、胸がじんわりと暖かくなった。

「……はい。ありがとうございます、嬉しいです」

逆に私の声は震えてしまう。用件を済ませたから早く電話を切らないと。

『茅乃』

ところが、切り出そうとしたら名前を呼ばれた。

『誕生日、おめでとう』

史章さんがどんな表情をしているのかはわからない。優しい声色に、昨日見た夢と重なった。

「……はい。お仕事中にすみませんでした」

『いや、声が聞けてよかった』

無意識に頭を下げると、思わぬ返事に目を丸くする。でも、おかげで私も素直に返す。

「私もです。史章さんの声を聞いてすごく元気をもらえました。明日、気をつけて帰ってきてくださいね」

『ああ』

電話を切ろうとして、ふとある考えがよぎる。

「あの……今日、ケーキを買ったんですけれど二個あるので、よかったら明日一緒に食べませんか？　私のお気に入りのケーキ屋さんのもので、すごく美味しいんです。一日経っちゃいますが……」

作って翌日のものなんて失礼かな？　そもそも史章さんの明日の都合や何時に帰るかわからないのに……。

『わかった。夕飯前には戻る』

一瞬、返事に迷ったが素直に頷く。

「はい」

誕生日だから？　これくらいのワガママは許されるかな？

電話を切ったあと、改めて花瓶に活けている花に目をやる。続けて顔の前に左手をかざし、結婚指輪を見た。帰り際とは打って変わって、今は幸せな気持ちに満たされている。こんなに嬉しい誕生日は、母が亡くなってからは初めてで、それはすべて史章さんのおかげだ。

翌日、仕事が休みなのもあって私は朝から張り切っていた。部屋の掃除をして夕飯のメニューを考えて買い物に行く。慌ただしくしながらも、ずっと心は満たされていた。

史章さんが、私の誕生日を知っているどころか、プレゼントまで用意してくれるなんて……。

夕飯の支度をしながら自然と笑みがこぼれる。時計を見ながら、ソワソワと落ち着かずにいた。

そのときリビングのドアが開く音がして私は駆け寄った。

「おかえりなさい、お疲れさまです」

二日前とは違うスーツ姿の史章さんに笑顔を声をかける。

「遅くなったな」

「そんなことありませんよ。ご飯の準備、してもかまいませんか?」

「ああ」

ネクタイを緩める姿にドキリとし、よりにもよってそのタイミングで彼と目が合う。おかげでつい反射的に視線を逸らしてしまった。

「着替えてくださいね。お風呂も沸かしてありますので、どちらでも」

「茅乃」

立ち去ろうとしたら、名前を呼ばれ手を取られる。

「花、気に入ったのならよかった。かえって手間をかけさせたな」

「い、いいえ。そんなたいしたことありません。史章さんこそお忙しいのに……ありがとうございます」

微笑んで返すと、そのまま手を引かれ抱きしめられた。回された腕の感触に鼓動が一気に速くなる。

史章さんをうかがうと彼もこちらを見ていて、瞬きひとつできずにいたら、おもむろに顔を近づけられる。

しかし、不意に距離を取られた。

「着替えてくる」

さっと踵を返され、止まっていた時が動き出したような感覚に動揺する。

私、なにを期待してたの？

自然と熱くなっている頬に手を添え、キッチンへ戻った。


いつもより心なしか会話が多く、食事を楽しめた気がする。私が一方的に質問したり、自分の話をしたりしていただけの気もするけれど、史章さんは嫌な顔ひとつせずに返してくれた。食後には約束通り、昨日買ったケーキをひとつずつ食べる。

「史章さん、どちらがいいですか？」

「誕生日ケーキだろ？　茅乃が先に好きな方を選べよ」

コーヒーの準備をしながら彼に尋ねると、あきれ顔で返される。彼の言い分はもっともだ。けれど、私はどちらも食べたことがあるから、ここは史章さんに好みの方を選んでもらいたい。

力説すると、彼は迷いつつショートケーキを選んだ。

コーヒーを淹れてカップをふたつ持ってテーブルに置く。史章さんはブラック、私のカップにはミルクを少し入れた。

そういえば史章さんって甘いもの平気なのかな？　嫌いとは聞いていないけれど。

無意識に正面に座る彼をじっと見つめる。するといきなり視線が交わる。気まずさについ腰を引きそうになったが、逆に彼は前のめりになった。

「ほら」

「え？」

ショートケーキの端をフォークで掬った彼がこちらに差し出してくる。彼の行動の意味を悟り、慌てて首を横に振った。

「ち、違います。その、欲しくて見ていたわけではなくてですね。史章さんのお口に合うか――」

「いいから。どっちも好きなんだろ？」

私の説明を一蹴し、彼はケーキの乗ったフォークを向けてくる。再度断ろうとしたが、真っ直ぐな彼の眼差しに拒否の言葉を呑み込み、ためらいつつ頷いた。

フォークを受け取ろうと手を伸ばしたら、さっとよけられ顔の前に突き出される。

彼の意図を汲み、一瞬目を泳がせたが、観念する。

「い、いただきます」

邪魔にならないよう自分の髪を耳にかけ、私も身を乗り出しておずおずと口を開けた。恥ずかしくてどうしようもない。お行儀が悪いから？　子どもの頃でも、こんなふうに一口もらって食べさせてもらうなど、経験はない。

無心で口を閉じてケーキを味わう。すぐに口内にケーキの甘みとスポンジの食感が広がった。

「美味しいですね。昨日のものなので少し心配だったんですが、クリームも滑らかですし、スポンジが馴染んでしっとりしていて、これはこれで美味しいです！」

感激してケーキを噛みしめていて、ふと我に返る。史章さんはこちらをじっと見つめたままだ。

羞恥心に襲われ、身を縮める。

史章さんのフォーク、私が口をつけたから新しいものに変えるべきかな。

「史章さん」

まだ使っていない自分のフォークと交換しましょうか。そう伝えようとしたら、彼はそのままフォークを使って今度は自身の口にケーキを運ぶ。そんな彼から目が離せない。

「旨いな。もっと甘いかと思ったが、ちょうどいい」

彼の感想に、私は弾かれたように答える。

「はい。上品な甘さですよね。見た目はもちろん、クリームもスポンジもどれも繊細な美味しさがあって、それでいて統一感がすごいんです。計算され尽くされているといいますか……」

熱く語って、ハッとする。史章さんはなにげなく感想を漏らしただけなのに……。引かれてしまったかもしれない。

なにかしらフォローしようとしたら、史章さんはふっと笑みをこぼした。

「なるほど。茅乃の好みを覚えていく」

彼の表情と言葉に、なにも言えなくなる。胸がぎゅっと締めつけられ、うつむいた。さりげなく自分のタルトにも口をつける。こちらもショートケーキに引けを取らず美味しいけれど、どうも味に集中できない。

「誕生日、なにか欲しいものはあるのか？」

不意に質問され、目を瞬かせる。

「いえ、とくには……。史章さんがお花をくださいましたから」

本心で告げたが、どうも史章さんは納得していない表情だ。

「あれは俺が勝手に選んだんだ。誕生日くらい好きなものをねだってもいいんじゃないか？」

そうはいっても、すぐには浮かばない。それよりも改めて誕生日プレゼントをしてくれようとしている史章さんの優しさに、胸がいっぱいになる。

私が史章さんに望むことは……。

「ベッドで寝てほしいです」

ほぼ無意識に声に出していた。史章さんは目を瞠り、私は慌ててフォローする。

「あ、あの。史章さん、出張前はずっとお忙しくてソファで寝ていましたし、帰ってきて今日はとくにお疲れでしょうから……」

言いながらも、誕生日プレゼントとしてはやはりなにか違うと思う。

「それは誕生日プレゼントとして望むことじゃないだろ」

史章さんも同じ考えに至ったらしい。あきれた面持ちだが、それ以外思い浮かばなかった。私が本当に望んでいることは……。

「……一緒に眠ってほしいです」

ぽつりと漏らして、ふと我に返る。

なにを口走っているの、私!?

さっと血の気が引いてすぐに訂正しようとする。

「わかった」

ところが思いがけない史章さんの返事に、言葉が続かない。

固まっている私に、彼はなんでもないかのように別の話題を振ってくる。素直に応じながらも、あっさりと終わってしまったやりとりに、心はずっと乱されっぱなしだった。


いちいちお願いすることじゃなかったのかもしれない。ましてや誕生日プレゼントの回答としては重すぎる。

自己嫌悪に見舞われつつ、極力ベッドの端に寄って息をひそめた。

午後十一時過ぎ。シャワーを浴びた私は、しばらく自室でのんびりと過ごしていた。

ピンク色を基調とした可愛らしい部屋は、壁紙や照明などのデザインを含めつくづく私好みで過ごしやすい。

けれど徐々に眠気が襲ってきて、寝室に足を運んだ。そこに史章さんの姿はない。

彼は私がバスルームに向かう前からリビングで本を読んでいたので、まだ夢中なのかも。そうなると寝室にやってくるのはもう少しあとだろう。

待っておくべきか、先に眠ってしまうべきか。

今日は史章さん、来てくれるのかな？　なんだかんだでリビングのソファで寝てしまう可能性も──。

そのとき寝室のドアが開く音がして、肩がびくりと震える。おかげで今から寝たふりをするのは難しそうだ。

そろりと上半身を起こすと、暖色系のライトの明かりが程よく照らす中でパジャマ姿の史章さんが目に入る。

「起こしたか？」

「いえ……」

かぶりを振りながらどうするべきなのか迷っていたら、ベッドの反対側に史章さんがやってきた。思えば、同じベッドで寝るのは、結婚してここで初めての夜を迎えて以来だ。

どうしても緊張してしまい、心臓がバクバクと音を立てる。

「茅乃」

「は、はい」

名前を呼ばれ、必要以上に身構えて返事をしたら、史章さんは目を丸くした。

「もう少しこっちに寄れ。そんな端にいたら、落ちるぞ」

たしかにベッドが大きいから、私がもっと真ん中に寄っても大人ふたり寝る広さは十分にある。

「お、落ちませんよ。たぶん」

唇を尖らせて答えたら史章さんは軽くため息をついた。たしかに、私と史章さんの間には不自然な空間ができている。そこまでの距離じゃないけれど、手を伸ばしても彼には届かない。

意を決して、私は少しだけ史章さんの方へ寄った。

「お言葉に……甘えますね」

「ああ」

ベッドがぎしりと軋み、彼の方を見たら視線が交わる。

史章さんはこの状況をどう思っているのだろう。わざわざ誕生日プレゼントにかこつけて、一緒に眠ってほしいなんてお願いをして、彼の本心は……。

「無理、してませんか？」

不安になって尋ねる。しかし史章さんは眉ひとつ動かさない。

「していない。むしろ無理をしているのは茅乃の方じゃないか？」

逆に聞き返されて戸惑う。なぜ私？

「そんなことありませんよ！　ただ……」

彼の真意がわからないままぎこちなく言葉を引き取り言いよどんでいると、史章さんは口を挟まず待ってくれていた。

「史章さんは私と同じ寝室で……同じベッドで寝るのが嫌なんじゃないかって」

抱えていた想いを口にして、痛いほどの沈黙が舞い降りる。後悔するのと同時に言ってしまった勢いで感情が溢れ出す。

「ひとりで、ひとりでこの広いベッドで寝てたら、考えちゃって……。私たち、愛し合って結婚したわけではないですけれど——」

史章さんの顔が見られないまま言い訳めいたことを告げていたら、突然温もりを感じ、回された腕の感触に思考が停止する。

「悪かった」

続けて耳に届いた声に、目を瞬かせる。

「誤解だ。忙しくて余裕がなかっただけで、嫌とかそんなのじゃない」

本当に？

尋ねたくなる衝動は、彼の真剣な声と温もりに抑えられる。

【愛し合って夫婦になったわけではないので一緒に住み始めたものの苦痛がすごいで

す。同じベッドどころか同じ部屋で寝るのも嫌です】

あの投稿が頭から離れない。たとえそうだとしても、私は文句を言えない立場だ。そう割り切るべきなのに――。

寂しかった。嫌われているのも、距離を取られるのも。……史章さんが好きだから。

視界がじんわりと滲むのを、目を閉じて誤魔化す。彼の胸に顔をうずめ、遠慮気味に自分から身を寄せると、史章さんは私を抱きしめる力を強めた。もっと痛いくらいでかまわないのに、私を気遣ってくれているのだと伝わる。

彼の大きい手が頭を撫で、その温もりにホッとした。少しだけ気持ちが落ち着き、彼をうかがおうと顔を上げたら、腕の力が緩み史章さんと目が合う。

史章さんはわずかに眉根を寄せ、心配そうな面持ちだ。

「ワガママ言って……ごめんなさい」

彼の考えは読めないが、つい謝罪を口にする。正直に言ったものの無理をさせるのは嫌だ。

「ワガママじゃない。茅乃の気持ちを考えなかった俺が悪いんだ」

「史章さんは悪くないです！」

すぐさま否定すると、史章さんは虚を衝かれた顔になる。

「むしろ私が――」

「俺が悪くないなら、茅乃も悪くない」

今度は彼がきっぱりと言い切る。そっと頬を撫でられ、こつんと額が重ねられた。

「茅乃」

史章さんに名前を呼ばれるだけで、嬉しいのに胸が苦しくなる。慣れ親しんだ自分の名前がなんだか特別に思えて、くすぐったい。

彼から目を離せずにいたら、唇の横すれすれに口づけられる。ドキッとした次の瞬間、そのまま顔の輪郭に唇を添わされていった。

「あ」

さらに首筋に口づけを落とされ、無意識に身悶える。慣れない感触に心臓が早鐘を打ち出し、息を止めそうになった。

ただ唇を押し当てるだけではなくて、時折肌を柔らかく食まれ、舌先で刺激される。この前もそうだった。体中のいたるところにキスをされ、彼に触れられるたびに化学反応を起こしたみたいに熱が生まれて中にこもっていく。上手な発散の仕方がわからない。もどかしくて苦しいのに、やめてほしくないと思ってしまう。

「んっ」

首筋から鎖骨辺りにキスをされるのに合わせ、彼の黒髪が肌を掠めていく。思わず手を伸ばしそうになるのをすんでのところでぐっと堪えた。

触れてもいいのかわからない。史章さんを不快にさせたくない。

「痛っ」

急に肌にチクリとした痛みが走り、驚きで声が漏れた。なにをされたのか理解できずにいると、私の反応に史章さんが顔を上げて見下ろしてきた。

「強く吸い過ぎたか？」

混乱して答える余裕などなく、どこか切羽詰まった史章さんの表情に、私は声を震わせる。

「……怒ってますか？」

なにか粗相したのかな。緊張して尋ねたら、史章さんは綺麗な顔を歪めた。

「なんでそうなる？」

「だって……」

父からは、つねられたり叩かれたりと、痛みを与えられるのが当たり前だった。私が……怒らせる私が悪いから。

意図せず過去がよみがえり、唇をキュッと引き結ぶ。

「怒っていない。怖がらせるつもりも」

聞こえてきたのは、ゆっくりと落ち着いた口調だった。身を固くする私に、史章さんはそっと目線を合わせてくる。

「調子に乗って触りすぎたな。茅乃が嫌がる真似はしない」

神妙な面持ちで告げ、史章さんは身を起こして私から離れようとする。

「違うんです！」

反射的に叫び、彼のパジャマの裾を掴んだ。驚きで目を瞠る史章さんに、私は必死に訴えかける。

「違います。嫌とかではなくて……。怖くなったんです、史章さんを怒らせたんじゃないか。私が悪いから、痛くしたのかなって考えたら、不安になってしまい……」

感情が昂るのと共に声にならない。すると彼の手がそっと頭に乗せられた。

「俺が茅乃に触れたかった。それだけだ」

端的に、でもきっぱりと言い切られ、張り詰めていたなにかが切れる。体の力が抜け、安堵感に包まれながら、彼の手のひらの温もりを素直に受け入れた。

よかった。史章さん、怒ってなかった。

不安が解消され、涙腺が緩みそうになる。

「それに、たとえ怒っていたとしても、相手を傷つけたり暴力を振るったりしていいわけじゃない」

安堵した私とは対照的に史章さんは眉をひそめる。目をぱちくりとさせる私に、彼は顔を近づけた。

「なんでも受け入れなくていい。自分のせいにするな。嫌なことは嫌だと、つらいときはつらいと言ってもいいんだ」

小さい子どもに言い聞かせるような口調。でも上辺だけじゃない。心の奥まで落ちて広がっていく。

父や継母から受ける仕打ちも、幸太郎さんに大事にされなかったのも、全部私が悪い。私のせいだと責められて、受け入れるしかなかった。

それをこんなふうに言ってもらえるなんて……。

泣きそうになるのを必死に我慢する。

乱れていた呼吸を整えたタイミングで史章さんの手が頭から離れた。たったそれだけのことに寂しさを覚える。

『俺が茅乃に触れたかった』

彼の発言を思い出し、反射的に抱きついた。

「わ、私も史章さんに触れてほしかったんです」

私に触れたいって……私のことを嫌いではない？　結婚したから義務とか無理してではなく？

だとしたら、彼がきちんと言ってくれたように、私も自分の想いを伝えたかった。

とはいえ、いざ声にしてみたら、心臓がバクバクと音を立て始めた。我ながらあまりにも勝手で大胆な行動をとってしまったかもしれない。急いで彼から離れる。

「あ、あの……」

「触れるってどんなふうに？」

慌てる私に対し、史章さんは低い声で冷静に返してきた。

「ど、どんなって……」

「言っただろ、茅乃が嫌がる真似はしない」

真っ直ぐに私を見つめてくる史章さんの目は真剣そのものだ。いつも通り、誤魔化したり遠慮したりするのは……違う。一度唾を飲み込み、意を決する。

「さっきみたいに……抱きしめてほしいです」

蚊の鳴くような声で白状する。きっと声よりも心臓の音の方が大きい。

すると史章さんはためらいなく私に手を伸ばし、自分の方へ引き寄せた。再び彼の腕の中に収まり、温もりに包まれる。

緊張と安心が入り混じり、無意識に呼吸を止めた。けれど頭を撫でられ、静かに息を吐く。史章さんは、応えるように腕に力を込め、先ほどよりもしっかりと私を抱きしめた。

「一緒に寝るのを含め、こうやって茅乃の希望をちゃんと聞くべきだったな」

どこか後悔めいた口調に、私は彼の胸に顔を押し当てたまま頭を横に小さく振る。

「私よりも史章さんの希望を優先してほしいです」

これ以上、史章さんに望んだらばちが当たってしまう。私の誕生日プレゼントの話題から始まって、こうなった。だから今が特別なだけだ。

「なら、茅乃の希望するものをもっと教えてほしい」

「え？」

思わず聞き返して顔を上げると、大きな手のひらが頬に添えられた。

「それが俺の今の一番の望みなんだ」

吐息も体温も伝わる距離で、切なげな表情と声に、心が揺れる。

もう全部、叶った。彼とこうして同じ部屋で、一緒にベッドで横になっている。夫婦としての関係が少しだけ築けた。

もう十分……なはずなのに。

「このまま……今日は一緒に寝てもらえますか？」

求めたらいけないと冷静な自分が訴えかけてくるのに、溢れ出す想いが止められない。ぎゅっと唇を噛みしめて彼の返事を待っていると、こつんと額を重ねられる。

「最初から、そのつもりだ」

茶化すわけでもなく真面目に告げられ、腕の中に閉じ込められた。少しばかり史章さんがあきれているのが伝わってきたけれど。当たり前のように私を受け入れるつもりだったのかと思うと、目の奥が熱くなる。

大げさかもしれないが、こんなふうに希望を口にすることは、もうずっと許されていなかった。私の意思は、求められていない。自分の中で折り合いをつけて、大事にできるのは自分だけしかいないんだ。

でも、史章さんは私の気持ちを大切にしてくれようとしている。

「ありがとう、ございます」

震える声でお礼を告げ、史章さんにぎゅっと抱きつく。

「礼には及ばない。茅乃が望んでいることを俺も同じように望んでいただけだ」

思わぬ発言に、顔を上げて史章さんを見る。すると史章さんは、ばつが悪そうな顔をしつつ私の頭をそっと撫でた。

「夫婦なんだ。おかしくはないだろ」

ぶっきらぼうな言い草に、つい噴き出しそうになった。彼の不器用な優しさは学生の頃から変わらない。そんなところに私は救われて、惹かれていった。

「……はい」

私は笑顔で返事をする。視線が交わったあと、ゆるやかに額に唇を寄せられた。いつもより近い距離で、瞼、目尻といたるところにキスされる。けれど唇は絶対にされない。

それでもいい。愛し合っていなくても、私の気持ちは本物だから。史章さんの温もりに包まれ、私は安心して夢の中に旅立っていった。

第三章　慕る想いと大嫌いの裏側

新年度が始まり、部署異動や新入社員への研修など社会人としても慌ただしい季節となった。

全国的に三月下旬に桜の開花を迎えたところが多く、会社の裏にある川沿いに植えられた桜も見頃を迎えている。

あそこで部署ごとにお花見を楽しむのが、定番だ。

史章さんとお花見に行きたいな。

仕事帰りにそんなことを考え、頭を振る。忙しい史章さんに、なにを求めているのだろう。

夫婦としては、史章さんが出張から戻ってきてからは、同じベッドで一緒に眠っている。タイミングが合えば会話を楽しみ、さらにはそれなりにスキンシップもある。

といっても、正確には史章さんに優しく触れられるのを私は受け入れているだけだ。

大事にされていると思うし、幸せだ。けれど、相変わらず唇にはキスをされないし、それどころか体を重ねたのも初夜以来ない。

愛し合っていないから……事実だ。彼もそう思っているのだろう。

私が言い出したことを史章さんは律儀に守っている。近づけているようでまだ遠い。

抱きしめられて触れられても、常に見えない壁が私たちの間にあって、それが史章さんの気持ちを表している気がしてなんとなく寂しさも感じていた。

だめだな、私。どんどん欲張りになっていく。

頬を軽く叩き、自分を戒めた。今週末には特別なイベントが控えているんだから、しっかりしないと。

「土曜日、朝の九時に美容院の予約を入れたので、行ってきますね」

「ああ」

夕飯の時間、土曜日の予定を確認し合う。

今日のメニューは鰤《ぶり》の西京焼き、スナップエンドウと卵のサラダ、新じゃがいもの煮物とお吸い物だ。

帰ってきてから極力早く食べられるように、作り置きや下準備を朝や前日にしているのだが、史章さんは、手が空いていたら手伝ってくれるし、私より早く帰宅すれば、ご飯を炊いてくれる。

最初は恐縮して彼の申し出を断っていたが、『夫婦なんだから協力して当たり前じゃないのか』と言われ、反論できなかった。でも、正直ありがたい。

実家でいるときは全部自分でしないとならなかったし、結婚してもそれが当然だと思っていた。

でも史章さんは違うんだ、頼ってもいいって言ってくれる。……嬉しい。

自分の負担が減るからとか、そういう理由じゃない。気遣いを見せてくれるのが、対等だと思ってもらえるのが幸せなんだ。だから私も彼のために頑張りたいと思える。

「美容院が終わったら連絡してくれ。そのまま実家へ向かう」

「はい」

緊張気味に私は答えた。実家へ行くのは史章さんのお兄さんに挨拶に行くためだ。

史章さんの二歳年上になる裕章さんは、最先端技術を誇る世界的に有名なドイツのエネルギー企業『ビルモス』に籍を置き、ここ数年は日本法人『ビルモスジャパン』の起ち上げに尽力していたらしい。

おかげで日本とドイツと行き来するなど忙しい日々が続いていて、ご両親に挨拶する際にはタイミングが悪く会えなかった。

史章さんが宮水海運の次期社長として代表権を有することになったのは、お兄さんが宮水海運の跡を継がずに別の道を進むと決めたのが大きな理由のひとつだろう。けれど史章さんが、お兄さんの代わりというモチベーションで今の立場にいるわけではないのは、十分に伝わっている。

いつだって史章さんは、自分の役目を果たそうと宮水海運のために尽力している。お父さまはもちろん、お兄さんともわだかまりはないようだし。

そんな中、この四月に裕章さんが代表取締役となって無事にビルモスジャパンは設立された。

裕章さんが空いているときに、結婚の挨拶に行きたい旨を史章さんから伝えてもらったら、この土曜日に会社設立と社長就任祝賀パーティーが企画されていて、よかったら史章さんと私にも参加してほしいと返されたのだ。結局、裕章さんへの結婚の挨拶は、パーティーの前に実家で行うという流れで話はまとまった。

「挨拶だけの予定が、面倒ごとに巻き込んだな」

少しだけ申し訳なさそうな史章さんに、私はかぶりを振る。

「いいえ。私は大丈夫ですよ」

私としては、史章さんの意思を尊重するつもりなので、不満などは一切ない。不安がないと言えば嘘になるが。

パーティーにはご両親も参加するらしく、裕章さんとしては、おそらく身内として弟の史章さんにも参加してほしかったのだろう。

「ご両親にお会いするのも久しぶりですし、お兄さんにお会いできるの、嬉しいです」

史章さんのお兄さんはどんな人なのかな？　やっぱり似ているのかな？

パーティーの参加は予想外だったが、忙しい中、なんとか機会を設けてくれて感謝するばかりだ。

会いたくないと言われるよりよっぽどいい。緊張しつつも会うのが楽しみになる。

しかし正面に座る史章さんは、どこか機嫌が悪そうだ。

「別に期待するような相手じゃないぞ」

ぶっきらぼうに言い放たれ、どう捉えていいのか迷ってしまう。

期待？

「あの、お兄さんにお会いしたいのは、ビルモスジャパンの代表だからではなく、史章さんのお兄さんだからです」

もしかして、月ヶ華製網船具のためとか月ヶ華家のつながりを考えてとか、打算的に捉えられたのかな？

「お兄さんの前ではもちろん、パーティーでも史章さんの結婚相手として粗相がないよう努めますから！」

あくまでも史章さんのためだと強調し、きっぱりと言い切った。すると史章さんは目を丸くし、軽く息を吐いた。

「変に気を張らなくても、茅乃はそのままでいい」

続けて告げられた内容に思わずドキッとする。

会う相手がお兄さんだから？　張り切りすぎて空回りするなって心配して？

だとしても、そんなふうに言われたのはいつ以来だろう。

「パーティーでは何人かに声をかけられると思うが、俺もフォローするし、茅乃はいつも通りでかまわない」

「はい。ありがとうございます」

そうだ。パーティーには取引先や同じ業界の関係者をはじめ、裕章さんの知り合い……宮水家とつながりのある方々も大勢参加するんだ。

ぐっと唇に力を入れる。

『茅乃は母親に似て出来が悪く月ヶ華家の人間としては未熟ですから』

父の発言が頭をよぎり、ズキズキと胸の奥が痛む。

頑張って彼の妻に相応しいように振る舞わないと。月ヶ華の名前に恥じないように、宮水の家に相応しいと思われるように。

「気休めで言ったわけじゃない。茅乃の立ち振る舞いも所作も綺麗だとうちの両親が褒めていたし、俺もそう思っている」

続けられた彼の言葉に、顔を上げる。史章さんの表情は真剣そのものだ。

どうしよう。なんだか泣きそう。

頑張りたい。史章さんには月ヶ華の名前だけではなく、私自身と結婚してよかったと思ってもらいたいから。

土曜日、ドレスに着替えて、スキンケアをしたあと、予約していた美容院へ向かう。

長い黒髪はいくつかの編み込みを作って束ねられ、大胆にまとめ上げられる。地味すぎず華美すぎない、上品さを意識したネイビーの袖付きロングドレスに合わせたものだ。

ドレスは肩から腕にかけては花柄の刺繍が施されたシースルーになっていて、フレアスカートの部分と合わせ、重すぎず軽やかすぎない絶妙なバランス。

メイクも衣装と髪に合わせてしてもらい、大人っぽくなるようにお願いした。背が低いのでヒールのあるパンプスを着用するが、背が高い史章さんの隣に並ぶには少しでも幼い雰囲気は払拭したい。

今月会に出席する際には着物が多かったが、ドレスもそれなりに着る機会はあった。けれど今日は月ヶ華茅乃ではなく、史章さんの妻である宮水茅乃として参加するのだ。

鏡に映る自分を見て、軽く口角を上げて笑顔を作る。よそ行きの笑みを浮かべた表情。いつも通り、これでいいんだ。

終わる頃に史章さんが迎えに来てくれたので、助手席に乗り込む。

今はジャケットを脱いでいるが、史章さんはスリーピースのブラックスーツにシルバーのネクタイとフォーマルな装いで、髪もワックスでまとめ上げていた。

スーツの生地は漆黒ではなく、光沢感のあるもので、いつも着ているビジネススーツとは印象が違って、ドキリと胸が高鳴る。

背が高くて、涼しげな瞳をたたえる切れ長の目、端整な顔立ちの彼によく似合っていて、まともに見られない。

「お待たせしました。迎えに来てくださって、ありがとうございます」

お礼を告げ、シートベルトをして前を向き極力平静を装う。この鼓動の速さを知られるわけにはいかない。

けれど、すぐに車は発進せず不思議に思って横を見ると、史章さんとばちりと視線がぶつかった。

まさか彼もこちらを見ていたとは思わず、完全に油断していた私に史章さんはふっと微笑む。

「服や髪で随分、印象が変わるな」

それは、どういう意味なのだろう。

「変、ですか？」

ドキドキしながら尋ねたら、史章さんの手が頬に伸ばされた。

「いいや。よく似合っている」

「ありがとう……ございます」

言い終えた途端にふいっと顔を背ける。史章さんの手が離れたが、フォローをする余裕もない。

突然こんな真似をして、史章さんに失礼だ。気を悪くさせたかも……。

冷静な自分が自身を叱責するものの胸が苦しくて声が出ない。史章さんの一挙一動に翻弄されて、上手く振る舞えなくなる。

車が動き出し、視線は外に向けたまま無意識に自分の鎖骨辺りに指を滑らせた。薄い布で隠れているがここにくっきりあった赤い痕はやっと消えつつある。あのときはなにをされたのかわからなくて、的外れな反応をしてしまった。

『……怒ってますか？』

彼に放った言葉を思い出し、穴があったら入りたくなる。

あとから、これは俗に言うキスマークだと知った。

情けない。あのときそのまま受け入れていたら、体を重ねていたのかな。雰囲気を壊すどころか、結果的に史章さんを拒む形になってしまった。

面倒くさいって思われただろうな。でも史章さんは私を大事にしてくれる。

結婚してから、ますます史章さんに惹かれている。人を好きになるのってこんなに苦しいんだ。

史章さんの実家は、ご両親に挨拶に来て以来なので二回目になる。

白く角張ったデザインの建物は広く大きいのに圧迫感を与えない、スタイリッシュで現代的な造りになっている。

「初めまして、茅乃さん。史章の兄、宮水裕章です」

私たちが到着すると、裕章さんが笑顔で出迎えてくれた。史章さんとよく似ていてびっくりする。ただ裕章さんは目尻がやや垂れていて、笑みをたたえている口元から穏やかそうな印象を抱かせる。今日の主役らしくタキシードを着ていた。

「初めまして、茅乃と申します。ご挨拶が遅れてしまい、申し訳ありません」

「茅乃が謝る必要はない」

頭を下げるとすかさず史章さんが言い放つ。

「そうだよ。俺の都合で振り回したから謝らないでね」

優しく言われ、ご両親に挨拶したときと同じリビングに通された。私と史章さんは並んで座り、テーブルを挟んで裕章さんが座る。

「それにしても史章が結婚だなんて驚いたよ。しかも茅乃さん、あの月ヶ華家のご令嬢なんだって？」

お手伝いの人が紅茶とお菓子をテーブルに置いたタイミングで、裕章さんが切り出した。私はぎこちなく頷く。

「……はい」

「結婚相手が史章でよかったのかい？　月ヶ華家のお嬢さんなら婚約を決めた相手がいたんじゃ――」

「兄さん」

史章さんが短く制して、裕章さんは口をつぐんだ。史章さんを見ると不意に肩を抱かれる。

「俺にはもったいない相手だと思ってる。でも、諦められなくてなんとか手に入れたんだ」

史章さんの発言に裕章さんは虚を衝かれた表情になる。私も、動揺が隠せない。

「そうか。それはよかったな」

平常心を取り戻そうとしていると、裕章さんは安心したように笑った。

「それより、日本法人の方はどうなんだ？」

「ああ。やっとここまできたって感じだよ。これからが勝負だな」

そこから話題は裕章さんの会社の話になる。口は挟まないものの私も真剣に耳を傾け情報を頭に入れる。

外国に本社のある会社に籍を置くだけではなく、日本法人の代表を任されるのは並大抵の人にはできない。ましてや裕章さんは宮水海運の跡継ぎとして育っていたのだ。

その立場を捨てて、別の道を選んで成功を収めようとしている姿は、裕章さんを後継者にと思っていた彼のお父さまの気持ちも変えたのだろう。話を聞く限り、後継者の件で揉めた様子はない。

きっと史章さんの存在が大きかったのだ。史章さんが宮水海運の後継者として相応しいと判断されたから。

兄弟そろって会社を経営するなんて、優秀そのものだ。ご両親も誇らしく思っているだろう。お義父さまは少しだけ、裕章さんを他の人にとられてしまった悔しさがあると挨拶のときに話していた。けれどその顔はどこか嬉しそうに見えた。

『この役立たずが！』

父に罵られてきた私とは大違いだ。

沈みそうになったが、ふと考えが別の角度に移る。

史章さんと出会ったとき、彼も幸太郎さんも宮水海運を継ぐのは、長男であるお兄さんだと話していた。けれど今、お兄さんは別の分野の会社の代表取締役となっている。

そのとき不意にどこからか音が聞こえた。史章さんが自身の鞄を開けると、音はより一層大きくなる。彼はスマホを取り出し、しかめっ面になった。

「少し席を外す」

仕事の電話だったのか、さっさとリビングから出ていき、部屋には私と裕章さんふたりになる。

「茅乃さん。さっきは失礼な言い方をして悪かったね」

「い、いいえ」

申し訳なさそうに謝罪され、私は首を横に振る。失礼というほど気にすることは言われていない。

「でも本当に驚いたんだ。なんでも俺に遠慮して諦めてきた史章がさっさと結婚するなんて……」

史章さんが遠慮？

嬉しそう、というよりどこか複雑そうな顔で裕章さんは続けた。

私の疑問は顔に出ていたのか、裕章さんは小さく息を吐いた。

「昔から俺は父に宮水海運を継ぐんだって厳しく育てられてね。勉強はもちろん、いろいろなことをさせられてきたんだ。それに対して史章は十分優秀なのに『お前は跡継ぎじゃないから』っていつも言われて、その実力をなかなか認めてもらえなかったんだ」

裕章さんの話に目を見開く。

裕章さんによると、お義父さま自身が兄弟と宮水海運の跡継ぎで揉めた経緯があり、息子たちには同じ思いをさせまいと、跡継ぎは長男である裕章さんだと最初からしっかり示そうとしたらしい。

けっして史章さんが憎かったわけでも、裕章さんだけが可愛かったわけでもない。でも、当の本人はどんなふうに受け止めていたんだろう。

「とくにピアノだったかな。俺はまったく興味がなくて、ある程度習って弾けるようになってからやめて違う楽器をやりたいって言い出したんだ。そうしたらやめる際に、一緒に習っていた史章もやめさせられることになった。兄よりも弟がなにかひとつでも秀でているのはよくないってね」

その話は史章さん自身から聞いたことがあった。

『兄が始めたら一緒に習わせられたんだ。でも兄が途中でやめるからお前もやめろって』

『宮水を継ぐ兄よりも弟が秀でていることがあるのは困るんだろう』

「あいつはたぶんピアノが好きだったんだ。やめたくなかったと思う。でも子どもだった俺は、あいつのためにピアノを続ける余裕もなくて、どうすることもできなかった」

裕章さんは悔しさを滲ませている。彼の後悔が痛いほど伝わってきた。

「それからますます、あいつがなにに対しても常に冷めていて、一線引くようになったのに気づいた。父は物分かりがよくなったって褒めていたけれど、俺はそうは思えなかったよ」

私はなにも言えなかった。自分の意思を押し殺してきた史章さんを思うと切なくなる。

「でも、あいつが高校三年生のときだった」

わずかにトーンが変わった裕章さんの声に、私は彼を真っ直ぐ見つめる。打って変わって、裕章さんの表情は穏やかだ。

「俺が大学でエネルギー学を専攻していてそっち方面に進みたいって悩んでいたとき、あいつが『俺が宮水海運を継ぐ』って言い出してね」

「え？」

まるでつい最近の出来事のように、裕章さんはなにかを思い出して笑みを噛み殺す。

「おそらく俺が宮水海運を継がずに違う道に進みたいのも気づいていたんだろうね。俺と父にきっぱりと宣言したんだ」

寝耳に水だったお義父さまは当然反対した。しかし史章さんに背中を押される形で裕章さんも自身の進みたい進路や宮水海運を継がない旨を告げたらしい。

最終的に、お義父さまは史章さんがこれから自分の示す進路に進み、それなりの成績を残すことを条件に、宮水海運の後継者として考えてやってもいいと言ったそうだ。

そして、史章さんはお義父さまの予想を上回る優秀さで、宮水海運の一員として尽力し、正式に後継者として認められた。

「これじゃ、どちらが兄かわからないな。我が弟ながら本当に立派だし努力家だと思う。尊敬するよ」

「裕章さんも、一緒ですよ。ドイツに本社のある企業の日本法人の設立なんてなかなかできません。ご兄弟そろって立派です」

お世辞ではなく本心だ。ふたりが会話しているのを聞いて、関係がこじれることなく、対等に会話していたのがその証拠だ。

裕章さんは目を細める。

「ありがとう、茅乃さん。史章はいまだに変に俺を立てるところがあるから、正直結婚も俺がするまではしないと思っていたんだ。もちろん俺はそんなこと望んでいないけれど……。だから、ふたりの結婚を聞いて心からよかったと思ったよ。あいつが望んだものに自分で手を伸ばせるようになって」

嬉しそうな裕章さんに対し、私は素直に喜べなかった。妙な胸のざわつきに言葉が出ない。

結婚しないっていうのは、小野麻美さんとのことなの？　どうして史章さんは小野麻美さんとの婚約を解消したのだろう。

「悪い」

電話を終えた史章さんが戻ってきて、私と裕章さんの視線はそちらに向く。

「仕事関係でなにかあったのか？」

「いや、仕事じゃない」

裕章さんの心配を軽く否定し、史章さんは再び私の隣に座った。

仕事じゃないなら……出ないといけない電話ってなんだろう？

浮かんだ疑問をすぐに打ち消す。仕事ではなくても重要な電話はいくらでもあるだろう。私が知らないだけで、史章さんにだっていろいろある。

そう自分に言い聞かせていたら、裕章さんが腕時計に目を遣った。

「ごめん。そろそろ会場入りしないと」

立ち上がる裕章さんに連れられ、私と史章さんも立ち上がった。

「茅乃さん、今日はありがとう。史章、茅乃さんを大事にしろよ。今日のパーティーで、お前もいろいろ聞かれるだろうけれど、茅乃さんのフォローをちゃんとしてやれ」

「わかってる」

面倒くさそうに答える史章さんが、まさに弟といった感じで、つい笑みがこぼれる。

裕章さんを見送り、史章さんの顔を覗き込むと、彼もこちらを見つめ返した。

「悪かったな、途中で抜けて」

「気にしないでください。裕章さんのお話、聞けてよかったです」

私の知らない史章さんの話が聞けた。彼の育った環境や宮水海運の後継者となった経緯を含めて。

「あいつと、なんの話をしていたんだ?」

声にも表情にもあからさまに不機嫌さが滲んでいる。

「史章さんの話をいろいろしてもらっていました」

どこまで具体的に話すべきなのか。正直に告げたものの悩んでしまう。

やっぱり、いないところで自分の話をされるのは、あまり気分がよくないよね?

思考を巡らせていると、史章さんがため息をついた。

「この状況で、茅乃を残した俺がとやかく言うことじゃないな」

私は大丈夫だ、と伝える前に史章さんが続ける。

「気を張って疲れただろ。少し時間があるから休んでおくといい」

それはリビングで、という意味だろうか。素直に頷くか迷ったが、私は意を決して告げる。

「もしよかったら……史章さんのお部屋が見たいです」

私のお願いに史章さんは目を丸くする。図々しかっただろうかと後悔しそうになったら彼の口が動いた。

「なにも面白いものはないぞ？」

あきれ顔だが、拒否はされなかった。背を向けて階段に向かう彼のあとを追いかける。

案内された部屋は、奥行きが広くモノトーンでまとめられていた。ベッドやソファ、作業用デスクなどが十分なスペースが取られ配置されている。

まさに男性の部屋といった感じで、不躾なのは承知で私は部屋の中に視線を飛ばした。物があまりないのが、備え付けの棚にはぎっしり本が並んでいる。

「気が済んだか？」

本音はもう少し見たいのだが、あまり見過ぎるのも失礼だろう。

「ありがとうございます、部屋を見せてくださって。男の人の部屋に入るのは初めてなんですが、素敵ですね」

史章さんらしい、と言ってもいいのか。可愛らしい雰囲気が好きでピンクや白をメインに小物もいろいろ置いてしまう私とは対照的だ。

史章さんに視線を戻すと、彼は訝しげな顔をしている。

「初めて？」

「あ、はい」

なぜそこに引っかかったのかはわからないが、ひとまず答える。異母弟はいるが部屋を行き来したりはしなかった。

そこである可能性がよぎり、さっと青ざめる。

「あの、男の人の部屋を見たことがないから興味本位で見たいって言ったわけじゃないんです。史章さんの部屋だから、気になって……」

裕章さんから彼の話を聞いて、少し欲張りになってしまった。史章さんのことをもっと知りたいって。

出会ったときの彼はここで勉強したり本を読んだりして過ごしていたんだ。そう思うと感慨深い。

そういえば小野さんはこの部屋に来たのかな？　婚約者だったんだし……。

「茅乃」

名前を呼ばれ意識を戻すと、思った以上の近さに史章さんが立っていた。

「他に見せたい部屋がある」

史章さんに促されるまま向かったのは、さらに廊下の奥に突き進み、他の部屋とは扉からして違っていた。中を開けると壁も特殊な仕様になっていて、うしろには弦楽器のケースがある。ここは防音室なのだろう。

「ピアノ！」

白い部屋の真ん中にはグランドピアノが鎮座している。

触らないようにピアノの周りを一周する。外装は綺麗に磨かれ、屋根が開いたままなので、誰かが定期的に弾くのだろうか。

「母が趣味でピアノをしているんだ。講師を家に呼んで習っている」

なるほど、お義母さまが好きなんだ。だから、息子である史章さんや裕章さんも習わせたのかな？

「久しぶりに弾いてみるか？」

からかい混じりに提案され、私は頭を振った。

「い、いいえ。私、弾けませんから」

「弾けるだろ」

言い切られ、一瞬たじろぐ。彼は私がなにが弾けると思っているのだろう。

「もう……忘れちゃいました」

苦笑して答える。そう。忘れてしまった。母に教わって楽しくピアノを弾いていた思い出も、第三音楽室で史章さんにこっそり教わって練習を見てもらったことも。一緒にピアノを弾いた人は、私から離れていってしまう。母も、史章さんだって——。

「茅乃？」

黙り込む私に史章さんが心配そうに声をかけたきた。彼を見て、考えを改める。高校の頃、いなくなってしまったと思った彼は、再び私の目の前に現れ今はこうしてそばにいてくれる。

「よかったら、史章さんの演奏を聞きたいです」

断られるのは織り込み済みで、わざと明るく返す。史章さんが、私がピアノを好きだと言っていたのを覚えていて、気を使ってもらえただけで十分だ。

部屋をあとにしようとすると、椅子が動く音がして振り返る。そこにはピアノに向き合っている史章さんの姿があった。

彼の長い指が鍵盤に添わされ、ゆっくりと動き出したのと同時に綺麗な音が部屋に響く。

あっ……。

聞き覚えのあるメロディーに固まる。彼が弾き始めたのは、『ブラームスの子守歌』だった。ゆったりとして優しい旋律に唇を噛みしめる。

『茅乃がよく眠れるように。子守歌よ』

『お母さま、私も弾けるようになりたい』

忘れていたはずの思い出が鮮明によみがえる。正確には思い出さないようにしていた。

『誰かのために弾くのか？』

叶わないと思っていた夢を、ためらっていた私の背中を史章さんが教えてくれた。

母の音とは違う。でも、胸の奥がじんわりと温かくて懐かしい。

高校生の頃もそうだった。背筋が真っ直ぐ伸びて、ピアノを奏でる史章さんの姿は、カッコよくて見惚れてしまう。

あのときより貫禄も精悍さも増した気がするのは、彼がずっと努力し続けてきたからだ。歩んできた重みが、音の深みとなって表れている。

やがて演奏が終わり、彼の指が鍵盤から離れる。その瞬間、私は両手を叩いた。彼と目が合い、泣きそうになるのを我慢して微笑む。

「史章さん。やっぱりピアノ、お上手ですね」

ピアノはやめたと言っていたけれど、おそらく彼は弾き続けていたのだろう。そうではないとこんな演奏はできない。

「そうでもないさ。ただ……ピアノを習うのをやめさせられたあとも、未練がましくこっそり弾いていた。そうしたら母が偶然を装ってたまに自分のために呼んだピアノ講師に俺のピアノを聞かせたり、父には内緒で弾く機会を作ってくれたりしていたんだ」

お義母さまの優しさが彼を救ったのだろう。母親の存在はやはり大きい。

私はそっと史章さんのそばに近づく。

「素敵な演奏でした。楽譜なしで弾いてしまえるなんて、すごいですね」

改めて史章さんを尊敬する一方で、当時の私の演奏は、彼にとって相当ひどいものだったに違いないと実感する。

「……この曲は特別だからな」

居た堪れなさで身を縮めていたら、彼がぽつりと呟いた。

「え？」

首を傾げると、史章さんの手が伸びてきて頬に触れた。伝わってくる温もりに戸惑う暇などなく、彼の瞳に捕まる。

けっして揺れない、射貫くような眼差し。そのまま史章さんの顔が近づいてきて、瞬きひとつできずに見つめていたら、吐息を感じるほどの至近距離で彼の動きが止まった。同時に心臓も止まりそうになる。

どれくらい時間が経ったのか。実際はコンマ数秒なのかもしれないが、耐え切れず私はうしろに下がった。

ところが、バランスを崩してよろけそうになり、尻もちをつくのを覚悟する。けれど痛みは襲ってこず、それどころか腰に腕を回され、史章さんに支えられる状態となった。

「す、すみません」

「いや……」

なにに対する謝罪なのか自分でもわからない。だからなのか、史章さんもどうも歯切れが悪かった。

意識しすぎだ、私。

心の中で自分を叱り、彼から離れる。

「そろそろ行くか」

「はい」

何事もなかったかのように史章さんが時間を確認したので、彼に続いて私も今度こそ歩み出す。

そこであることを思い出した。

「あっ」

「どうした？」

不思議そうに史章さんが尋ねる。その間、私はバッグを開けて、箱を取り出した。

「パーティーで重ね付けしようと思って婚約指輪を持ってきていたんです」

朝、家を出るときからつける勇気がなく、美容院が終わったあとにつけようと持ってきていたのだが、すっかり抜けてしまっていた。せめて裕章さんと会う前にはつけておくべきだったのに。

ケースを開け、ダイヤモンドの大きさと煌めきに息を呑む。アクセサリーをつける機会は今までにあっても、ここまで高価で立派なものはなかなかない。

今日は史章さんの妻として、この指輪に相応しい働きをしないと……。

「俺にはめさせてくれないか？」

覚悟を決めていると、不意に尋ねられ動揺する。

「あ、でも自分で」

「俺には、はめてくれただろ？」

即座に返され、なにも言えなくなる。わざわざ引き合いに出されるとは思わなかったが、言われてみればそうだ。

私はそっと彼にケースを渡した。

「お願いします」

史章さんは指輪を取り出すと、ケースをポケットにしまい、私の左手を取った。それだけのことに鼓動が速くなる。彼の乾いた指先の感触も、伝わる温もりも、全部今さらなのに、格好も相まって、本物の結婚式のようだ。

「茅乃」

「はい」

名前を呼ばれ、背筋を正して答える。私の左手の薬指の第二関節辺りまで指輪をはめたところで、史章さんは一度動きを止めた。

「俺と結婚してくれて、感謝している」

「そ、そんな。私の方こそ、史章さんには感謝の気持ちでいっぱいです」

改めて告げられ、私は慌てて答えた。

私の回答に、史章さんはわずかに表情を緩め、最後まで指輪をはめる。結婚指輪の上に重ね付けされた婚約指輪は、一層の輝きを放っていた。

「似合いますか？」

怖気づいてしまいそうになる気持ちを強引に吹き飛ばし、笑顔で彼の方に手の甲を見せた。

「ああ。茅乃によく似合っている」

その一言で、不安が消える。やっぱり、はめてもらって正解だったかもしれない。

史章さんに結婚してよかったと思ってもらいたいから頑張ってきたけれど、今は純粋に、彼のために私にできることを頑張りたいと思える。

結婚って、恋ってすごいんだ。

有名ホテルの一番大きな広間でパーティーは幕を開けた。

「このたびはお忙しい中お集まりいただき、本当にありがとうございます」

裕章さんが挨拶したあと、ビルモス本社の重役も登壇し、ドイツ語で祝辞を述べる。

こっそり辺りを見回すと、同業者や取引先、宮水海運の関係者と招待客の顔触れは幅広い。割合としては男性が多く、その分女性参加者の色とりどりの鮮やかなドレスや着物が、場に花を添えていた。

冷静に状況を分析して見極めつつ、壇上の話にも耳を傾ける。

「乾杯」

乾杯の音頭と共に持っていたグラスをそれぞれ掲げ、会場は一気に賑やかになった。

「茅乃」

隣にいた史章さんに小さく声をかけられる。

「紹介しておきたい人がいるんだが、かまわないか？」

「もちろんです」

ためらいなく答えた私に史章さんは目を見開く。彼の妻として、きっちり役割を果たすんだ。

「宮水家は安泰だね。裕章くんはビルモスジャパンの代表取締役となって、宮水海運は史章くんが立派な後継者になって」

宮水海運と何世代にもわたって付き合いのある森元《もりもと》商事の社長夫妻に挨拶する。ご夫婦ともに六十代で、穏やかな雰囲気の中に気品が滲み出ている。

「まさか結婚していたとは。めでたいことが続いてなによりだ」

「おそれいります」

森元社長が史章さんと盛り上がるので必然的に私は奥さまに話しかけられる。綺麗に染めている髪をひとつにまとめ上げ、彼女はにこりと上品に微笑んだ。

「茅乃さん、そのドレス素敵ね。よくお似合いよ」

「ありがとうございます。奥さまのお着物もとても素晴らしくてお似合いです。葉山《はやま》陽一《よういち》氏の友禅ですか？」

「あら、わかるの？」

私の指摘に彼女は嬉しそうな顔になる。葉山陽一は有名な着物職人で、数々の賞を獲得し、手描きの独特な吉祥文様のデザインは、彼の作品の特徴だ。

「はい。私も着物を着るのですが、まだ勉強中で……。奥さまのように美しく着こなせるのは、憧れです」

「まぁ。大げさよ。お若いのに着物に興味を持って、ご自身で着られるなんて素敵ね。そうだわ、一度着物でうちに遊びにいらして。ご夫婦でぜひ」

弾むような声で返され、彼女の視線は隣の森元社長へ向く。

森元社長と史章さんに対し、許可と段取りを始めるので、こういったときの行動力はやはり女性の方がすごいと思う。

森元社長が奥さまから史章さんに視線を移し、微笑んだ。

「史章くん、妻もこう言ってることだし、今度茅乃さんと自宅に来てくれないかい？　ささやかだが結婚祝いをさせてほしい」

「史章さん、いいお嬢さんを伴侶に選ばれたわね」

ふたりの言葉を受けて、史章さんはさりげなく私の肩を抱いた。

「ありがとうございます。彼女と結婚できて幸せです。より一層、精進するよう努めますので、引き続きどうぞよろしくお願いします」

平静を装って、彼の隣に立つ。

出過ぎず、受け身になりすぎず。令月会で心得て鍛えられてきたものだ。

そのあとも史章さんが紹介しておきたいという相手に挨拶し、途中で声をかけられた方と談笑するなどして、息つく暇もなかった。ビルモスの事業紹介となったところで、皆の意識がそちらに集中する。

そのタイミングで私は一度、化粧室へ向かった。無意識にため息が漏れ、メイクを軽く直して鏡に映る自分を見つめる。

わずかに疲労感が滲んでいる気がしたので、笑みを浮かべて気合いを入れ直した。

『史章くん、結婚おめでとう。お父さまから聞いたよ。相手は月ヶ華家のご令嬢なんだって？　その名に違わず、綺麗で聡明なお嬢さんじゃないか。振る舞いが上品だとうちの妻も感心していたよ』

『いやぁ、羨ましい。月ヶ華家とつながりができるなんて、最高の縁談じゃないか。どの業界でも顔が利くらしいね。さらに美人でこんなできた女性が妻とは、史章くんは幸せ者だな』

月ヶ華家の名前が出るのは予想していたが、それ以上に史章さんの妻として、宮水の人間として恥ずかしくないように振る舞えたかな？

父に付き添い令月会に参加した際は、父はいつも不機嫌そうだった。私が褒められるとすぐさま否定し、いかに私が未熟でできない娘かで盛り上がる。

そうなると、次に私はなにを言えばいいのか。最初から最後まで発言ひとつに気を使い、ずっと気を張り詰めていた。

『ありがとうございます。彼女と結婚できて幸せです』

でも史章さんは、私が褒められても否定したり貶したりしなかった。

胸がぎゅっと締めつけられる。

早く、史章さんのそばに戻らないと。

再び会場に戻ると、また自由に歓談する時間となっていた。視線を飛ばし史章さんを探す。さっき別れたところにいるかな。

目立つ人なので、すぐにわかるだろう。そうしていると史章さんの姿を視界に捉える。

「史――」

近づこうとして足を止めた。彼が誰かと談笑していたからだ。相手は若くて、綺麗な女性だった。

それだけなら気にせず彼の隣に行って挨拶しただろう。けれど史章さんと話していたの私も知っている人物――小野麻美さんだった。

小野損害保険のご令嬢で史章さんの婚約者……だった女性。ショートボブの髪型は高校の頃と変わらないが、髪色はやや色が明るくなり、ぐっと大人っぽくなっている。

首元が空いたモスグリーンのドレスにゴールドでそろえた大ぶりのネックレスとイヤリングがいいアクセントとなって、メイクがぱっと映える艶やかな女性になっていた。

親しげに史章さんと話している様子からすると、婚約解消も円満なものなのだろう。

早く、早くあそこに行かないと。

そう思っているのに心臓がドクドクと激しく打ち出し、足が動かない。

「茅乃？」

騒がしさの中、背後から聞こえた声に硬直する。久しぶり、だけれどよく知った声に胸がざわつく。私はゆっくりと振り返った。

「幸、太郎さん」

勘違いを願った私の期待はあっさり裏切られる。最後に会ったのはいつなのか。私の元婚約者である鹿島幸太郎さんが、こちらを不思議そうな眼差しで見ていた。

しかし改めて私を確認し、彼の口角がにやりと上がる。

「久しぶり。聞いたよ、まさか茅乃が宮水と結婚するなんて」

結納の日を無視し、一方的に婚約破棄をしたうしろめたさや申し訳なさなど彼からは微塵も感じられない。それどころかスーツ姿の彼の隣には、腕を絡めぴったりと女性が寄り添っている。

女性はベアトップに膝上の短い丈スカートと、肌の露出が高い赤いドレスを着ていて、靴はほぼヒールのないバレエパンプスを履いている。その組み合わせに少しだけ違和感を抱くが、それ以前に場の雰囲気からすると浮いている気がする。

しかし、当の本人はまったく気にしておらず、幸太郎さんと同じで私に勝ち誇ったような笑みを浮かべている。

「俺が捨てたものをわざわざ拾いにいくほど、宮水もなりふりかまっていられなかったんだろうな。まさか宮水海運を継ぐからって婚約していた相手とだめになるなんて、思ってもみなかっただろうから」

「え？」

意気揚々と語る幸太郎さんだが、思わず聞き返す。婚約していた相手って……。

「なんだ、知らないのかい？ 宮水が宮水海運の後継者になるなら……宮水海運の代表の妻にはなれないって、婚約者だった小野麻美に婚約破棄されたんだよ」

初めて知る事実に動揺が隠せない。

それは、つまり史章さんが宮水海運の後継者にならなかったら、小野さんとの婚約破棄はなかった？

小野さんはどんな気持ちで史章さんとの婚約を破棄したの？ 史章さんは小野さんとの婚約破棄をどんな想いで……。

血の気が引いていく私とは対照的に、幸太郎さんは楽しそうだ。わざとらしく彼は噴き出す。

「だからって茅乃を選ぶなんて……。高校の頃、俺が茅乃の話をするたび、宮水は嫌そうな顔をしてさ。正直、それが面白くてわざとやっていたところもあったんだ。茅乃のこと、大っ嫌いだなって。そんな茅乃と結婚なんて、月ヶ華家の力は偉大だ」

「やだ。家のためとはいえ、わざわざ嫌いな相手と結婚するなんて、私には考えられない」

幸太郎さんの隣にいる女性が笑いながら、見せつけるように幸太郎さんに密着する。その様子を見ても、なにも感じなかった。

「茅乃は昔から人をイラつかせる天才だから。実の父親にも疎ましがられて……」

「えー。かわいそう」

なにも言わない私に、幸太郎さんの饒舌さは増していく。彼の視線は隣の女性に一度注がれ、私に向いた。

「紹介が遅くなったね。彼女は美香《みか》。八坂《やさか》鋼鉄の社長の又姪《またぜい》でぼくの妻なんだ」

私は目を瞠った。ふたりの親密さから、親しげな仲だとは予想していたが、まさか幸太郎さんも結婚していたとは思ってもみなかった。

「彼女は俺の子を妊娠していてね。鹿島造船と八坂鋼鉄とのつながりもできたし、鹿島の跡継ぎができたと父も喜んで、認めてくれたんだ」

驚きよりも納得の気持ちが大きい。幸太郎さんが結婚を決めた理由がはっきりした。

「もちろん俺は美香自身を愛している。だから結婚を決めたんだ」

私に対してなのか、彼女に対してなのか。幸太郎さんは高らかに宣言したが、私にはなにも響かない。悔しいとか、悲しいとかではない、この虚無感はなんなんだろう。

「……ひとつ、教えてください」

ぽつり、と呟いて私は真っ直ぐに幸太郎さんを見つめる。わずかに彼がたじろいだが気にせず口を開いた。

「幸太郎さんは、本当は私をどう思っていたんですか?」

投げかけられた問いに幸太郎さんは虚を衝かれた顔をして、すぐに先ほどの調子で語り出す。

「茅乃と……月ヶ華の娘と結婚したら、俺の立場も安泰だと思っていた。俺は弟がいるけれど長男だからね。親の手前もあって婚約していた茅乃自身に興味もなければ、愛情を抱いたことも一度もない」

彼の回答に、美香さんは満足そうだ。幸太郎さんの言葉をぶつけられた私は、かすかに口を動かす。

「茅乃」

けれど私がなにか言う前に、うしろから声をかけられた。

「ここにいたのか」

焦った様子の史章さんは素早く隣にやって来て、私は状況を思い出す。妻としての役割をすっかり放棄していた。

申し訳ない気持ちでいっぱいになり、素直に頭を下げる。

「すみません、私――」

「謝らなくていい」

優しく遮られ、史章さんの視線は私から幸太郎さんに移った。

「鹿島」

やや不機嫌そうに名前を呼んだ史章さんに対し、幸太郎さんは笑顔を作る。

「やぁ、宮水。結婚おめでとう。お前のストイックさは昔から本当に尊敬するよ」

「どういう意味だ？」

「まんまさ。宮水海運のためとはいえ、よりにもよってわざわざ俺の捨てた女を拾ってものにするんだから。月ヶ華の名前はどの世界でも通用するから、宮水財閥のような成り上がりには魅力的に映るんだろうな」

あからさまな見下した言い方にかっと頬が熱くなる。胸の奥がざらざらして、落ち着かない。先ほども幸太郎さんにはずいぶんと不躾な物言いをされたが、そのときには湧かなかった感情——これは怒りだ。

私はともかく、私のせいで史章さんが蔑まれ悪く言われるのは嫌だ。

さすがに物申そうと一歩踏み出したときだった。

「茅乃」

史章さんでも、もちろん幸太郎さんでもない。第三者の女性に名前を呼ばれ、凛と通る圧のある声に、私だけではなくその場にいた全員の意識がそちらへ向く。

続けてまさかの人物に私は息を呑んだ。

「おばあ……さま」

「久しぶりね、結婚したと聞いたわ」

そこにいたのは月ヶ華家の現当主、私の祖母であり令月会の主催者となっている月ヶ華喜久子だった。背はあまり高くないものの、背筋をぴしっと伸ばして着物を着た姿は、高貴な雰囲気と貫禄、厳しさがある。

紺地に牡丹、杜若、梅、桜に菊と百花繚乱の花車文様と月があしらわれた豪華絢爛な訪問着は祖母のお気に入りだ。

齢九十を目前にして体調を崩し、ここ最近の令月会も不参加だった。入院していると聞いていたが、どうやら回復して退院したらしい。ホッとしたのも束の間、どうしておばあさまがここにいるのか。

「初めまして。ご挨拶が遅くなってしまって申し訳ありません。茅乃さんと結婚した宮水史章です」

先に史章さんが動き、おばあさまに頭を下げた。おばあさまは史章さんを一瞥したあと、私に視線を送る。

「茅乃。このような場で夫のそばを離れ、他の者と談笑を楽しむのは感心しませんね」

「はい。申し訳ありません」

急なお説教に面食らうが、その通りなので素直に謝る。

「ですが、あなたの立ち振る舞いや評判は令月会やこの会場でも聞きました。結婚したのだから今以上に励みなさい」

「はい」

頭を下げつつ混乱する。昔から当主である祖母は父の母親ということもあり、誰よりも厳しく怖い印象しかなかった。

けれど今、……少しは私を認めてくれている？

「史章さん。勝手ながら、孫娘が嫁いだあなたや宮水財閥のことを知りたくて、今日はこちらに参りました」

「そうだったんですか」

さすがの史章さんも戸惑っているのが伝わる。昔からおばあさまは何事も自身の目で見て確かめ、周りからの意見をよく聞く人だった。おばあさまの人脈を使えば、このパーティーに参加することも容易いだろう。

とはいえ、どうして？　祖母にとって孫は他にもいるし、私をそこまで気にかけてもらう理由がわからない。

祖母は史章さんをじっと見つめる。

「史章さん。次の令月会は茅乃と一緒に参加しなさい。私が許可します」

その言葉に私だけではなく、幸太郎さんも目を瞠った。令月会の参加は、基本的に血のつながりが前提だが、配偶者はもちろん血縁者であっても当主の――祖母の許可がないと参加できないのだ。現に私の異母弟――千萱は父の血を引くが、まだ令月会への参加を認められていない。彼の母親は言わずもがな。

令月会への参加は月ヶ華家の一員とみなされ、そのつながりを大いに活用できる。月ヶ華家との婚姻関係を結ぶ大きなメリットとも言われていた。

「ありがとうございます、光栄です」

頭を下げる史章さんの隣で、私も深々と頭を沈める。

「茅乃」

名前を呼ばれ、おずおずと頭を上げておばあさまを見た。

「入院中にあなたが送ってくれた花に随分励まされたわ。ありがとう」

おばあさまが入院され、面会はごく限られた者しか許されず、直接会うことは叶わなかったが、お見舞いの気持ちを込めて定期的に花を贈っていたのだ。

少しでもおばあさまの癒しになったのなら、嬉しい。

「おばあさまが元気になられてなによりです」

おばあさまがかすかに笑ってくれた気がした。けれど彼女はすぐに厳しい表情で私から視線を違う方に向ける。

「結納の日の件について、報告がありました。どういう了見なのか、うちの孫娘に謝罪と納得のいく説明をきちんとしてくれたのかしら？」

冷たい声は幸太郎さんに放たれる。彼は途端にばつの悪そうな顔になった。

「そ、それは……事情があったんです。元々茅乃さんとは……」

「あなたの事情など知りません」

言い訳をしようとする幸太郎さんを、おばあさまはすげなく突っぱねる。

「ご自分の行いがどのような意味を持つのか理解されていないのかしら？　何事も物事には順序がある。あなたは月ヶ華家の顔に泥を塗ったんです。今後、鹿島との付き合いは控えさせていただきます」

きっぱりと宣言するおばあさまに、幸太郎さんは顔面蒼白になる。

「そ、そんな。待ってください。鹿島造船は、月ヶ華製網船具とも宮水海運ともつながりがあります。妻は八坂鋼鉄の――」

「関係ありません」

幸太郎さんの発言を遮る声には、はっきりと拒絶が込められていた。

「あなたは家同士がつないできた信頼と信用を失ったんです。今日の会場での振る舞いを見て、さらにその思いは強くなりました」

そう言っておばあさまは幸太郎さんから美香さんに視線を移す。おばあさまの顔が嫌悪感で歪んだ。

「このような場に立つ際は、妻の装いや所作さえ夫や家の評価につながるんです。品位やマナーはお金では買えませんよ。……言っても無駄ね」

ため息をつき、おばあさまは踵を返す。

辛辣な物言いにおばあさまに非難の目を向ける人たちがいるかと思ったが、逆に幸太郎さんと美香さんに冷たい視線を向ける人たちが多かった。

「あの装い……ここをどこだと思っているのかしら？　ずっと腕を組んでくっついていらっしゃるけれど、みっともないわねぇ」

「旦那さんもなにも言わないなんて……。きちんと教えて差し上げないと恥をかくのはご自身なのに」

「あれが鹿島造船の跡継ぎとは、鹿島社長も頭が痛いな」

口々に聞こえる批判。人を見た目で判断するのは間違っている……しかし、ここはそういう世界ではない。

出で立ちや立ち振る舞い、話し方、話す内容など、多くの要因でその人自身だけではなく、家業や家の権威までもの印象を決めてしまうのだ。

幸太郎さんは顔を真っ赤にしているが、美香さんは訝しげな表情になる。状況が理解できていないのか、幸太郎さんは彼女を連れて会場をあとにしていった。

それでも会場は何事もなかったかのように歓談の時間が続いている。

「鹿島になにを言われたんだ？」

呆然と幸太郎さんたちの背中を見送ったあと、史章さんに尋ねられる。まさかそこを一番に聞かれるとは思わず、不意打ちに頭を振る。

「いいえ、とくになにも。幸太郎さんもご結婚されたと、奥さまを紹介されました」

彼女が身籠っているということまでは、伝えなかった。それよりも史章さんは、小野麻美さんとなにを話していたのか。

『宮水が宮水海運の後継者になるなら……宮水海運の代表の妻にはなれないって、婚約者だった小野麻美に婚約破棄されたんだよ』

小野さんと別れることになっても、史章さんはお兄さんや家のことを優先したんだ。小野さんが婚約破棄を言わなかったら……小野さんの気がもしも変わって今の史章さんと結婚してもいいと思っていたら、史章さんはどうするんだろう？

聞きたいのに、聞けない。そのとき、さりげなく史章さんに肩を抱かれた。

「疲れた顔をしているな。裕章にも話しているから、俺たちはそろそろ帰ろう」

小さなわだかまりを残しつつ私は史章さんにおとなしく従った。


パーティーでは食事が用意されていたもののあまり食べられなかったので、帰りに史章さんとレストランに寄る。

今日は朝からずっと一緒にいたからか、話題も尽きず、会話も弾んで笑顔になる。

どこからどう見ても幸せな夫婦だ。それなのに、心の奥にぽっかりと穴が開いたままで埋め方がわからない。

さすがに疲れたな……。

帰宅後、史章さんに勧められるまま先にバスルームに向かい、ドレスを脱いでメイクを落としお風呂で一息ついた。今はリビングのソファに体を預け、すっかり気の抜けた格好でボーっとしている。

私、史章さんの妻としてちゃんとできたかな？

令月会とはまた違う緊張に包まれていたが、なんとか及第点は取れただろう。

なにげなく乾かしたばかりの髪の毛に触れた。わずかに湿り気を帯びている髪に指を通して一房掴む。

史章さんは、短い髪型の方が好きなのかな？

その考えに至り、頭を振る。小野さんを意識しすぎだ。私は小野さんにはなれない。月ヶ華……宮水茅乃なんだから。どんなに他人の立場を羨んでも自分を生きるしかない。そうやって自身の境遇を必死に受け入れてきた。

「まだ休んでなかったのか？」

不意に声をかけられ、飛び上がりそうになる。

同じくシャワーを浴び終えた史章さんがリビングに姿を現す。彼は冷蔵庫から炭酸水を取り出しグラスに注いで口をつけた。

そしてゆっくりとこちらに近づいてきて、そっと私の隣に腰を下ろす。

ソファが沈み、彼の大きな手のひらが私の頭を撫でた。触り方も、触られるのも遠慮がなくてそんな些細なことに満たされる。

「今日は疲れただろう。一日、付き合わせて悪かったな」

「いいえ。私、史章さんの妻として役に立てていましたか？」

おずおずと尋ねると史章さんは微笑んだ。

「十分すぎるくらいだった。茅乃は話も上手だから、挨拶する相手をみんな虜にしていくな。次は俺よりも茅乃に会いたいという人が多いんじゃないか？」

「そんな。大げさです」

けれど、そんなふうに言ってもらえて安心するのと同時に、嬉しさでいっぱいになる。

「月ヶ華家の当主がわざわざ会に出席していたのは驚いたな」

さりげなくおばあさまの話題になり、私も小さく頷いた。

「私も驚きました。おばあさまは入院されていましたし、ずっと会っていなかったので……。一族の情報は把握されていると思いますが」

だから私が史章さんと結婚したことも知っていたのだろう。とはいえ、病みあがりの体でここまでした理由はなんだろう。

おばあさまはなにを確認したかったの？　私？　それとも史章さん？

「そ、それにしても史章さん、やっぱりすごいです。あんなふうにあっさりおばあさまに令月会の参加を認められるんですもん」

話題を変えて彼に笑顔を向ける。けれど本音だ。月ヶ華家と婚姻関係にあるからといって皆が皆、令月会に顔を出せるわけではない。血縁関係も同じだ。いまだに会への出席を認められていない人もいる。そういえば、母や私は早々に認めてもらったな。

「俺はなにもすごくない。茅乃の実力だ。茅乃の夫だから認められたんだ」

その言葉に、どういうわけか胸がズキリと痛んだ。

なぜ？　史章さんは私を褒めてくれただけなのに。

頭に伸ばされていた手に力が込められ、彼の方に引き寄せられる。そのまま彼に抱きしめられる姿勢になった。

温もりも腕の感触も心地よくて、しばらくお互いになにも言わず時が過ぎる。

『茅乃と……月ヶ華の娘と結婚したら、俺の立場も安泰だと思っていた』

ふと幸太郎さんに吐かれた言葉を思い出し、思わず彼から離れる。

「痛っ」

ところが、何本かの髪が史章さんのパジャマのボタンに引っかかったらしく、痛みよりも先にこの状況に青ざめた。

「す、すみません。すぐに……」

強引に引っ張って外そうとする私を史章さんの手が止める。

「いい。外すからおとなしくしておけ」

そう言って彼はボタンにかかった髪を丁寧にほどきにかかる。結局、私は動けず、妙な距離感と体勢に胸が痛くなる。

『高校の頃、俺が茅乃の話をするたび、宮水は嫌そうな顔をしてさ』

『茅乃のこと、大っ嫌いだなって。そんな茅乃と結婚なんて、月ヶ華家の力は偉大だ』

触れられる手の感触が今はただ苦しい。

彼はどんなつもりで私に触れているの？

「ほら」

やがて絡まっていた髪が外れ、私は史章さんと向き合う形になる。

「ありがとうございます。すみません、お手を煩わせて……。髪、切りますね」

苦笑しながら告げた。

父にも散々切るように言われ続けてきた。鬱陶しいだけだって。髪を切って、少しでも史章さんが気に入ってくれるなら。小野さんみたいに――。

「切る必要はない」

凛とした声が響き、弾かれたように顔を上げた。史章さんは真剣な表情でこちらを見ている。

「茅乃の長い髪、綺麗でよく似合っている。俺は好きだよ」

訴えかけるように告げる史章さんの表情が滲む。目頭が熱くなり、息ができない。

史章さんの役に立てたら、私と結婚してよかったって少しでも思ってもらえたら、それで十分だったはずなのに。

史章さんへの気持ちが溢れ出す。苦しくて切ないのに、求めてやまない。

じっと顔を見つめていたら、ゆるやかに顔を近づけられ、私は目を閉じた。

『茅乃みたいなタイプは大嫌いだろうから』

嫌い……。史章さんは私のことを――。

『お前なんて大嫌いだ』

唇が触れ合う寸前で、私は彼の唇に自分の手を当てた。前にも見た光景。肩で息をして目を見開いて彼を見ると、史章さんも目を丸くしている。けれど、あのときとは違い、彼は傷ついた表情をしていた。

「そんなに……俺のことが嫌いか？　キスをするのさえ嫌なほど……」

史章さんは私の腕を掴んで、そっと唇から離す。史章さんにそんな顔をさせたらだめだ。

『だが、そこには愛だとか必要はない。いちいち鬱陶しいことを口にするな。選ばれたからには役目を果たせ』

わかっているのに――。

「……嫌、です。嫌……」

絞り出すような声で訴えかける。史章さんが息を吞んだのが伝わってきたが、私は正直に続ける。

「気持ちがないのに触れられるのは……嫌いだって思われながらキスされるのは、もう……」

それ以上は声にならなかった。過去の記憶と言われた言葉が頭を離れない。

史章さんがどんなつもりでも、結婚してよかったって思ってもらえるように頑張るつもりだった。頑張ってきた。

でも彼と過ごす時間が長ければ長くなるほど、史章さんのことを知れば知るほど、どんどん欲深くなってワガママになっていく。彼の気持ちまで欲しいなんて贅沢だ。

相手が幸太郎さんなら、割り切って淡々と結婚生活を送れたかもしれない。

『この役立たずが！』

どうして私は——。

「嫌いじゃない」

ぽつりと呟かれた言葉に、目を瞠る。続けて史章さん手が両頬に添えられ、彼の方を向かされた。

「嫌いなわけないだろ。ずっと……茅乃だけが欲しくて、必死でここまでやってきたんだ」

取り繕ったり、慰めようとしたりしているわけじゃない。怖いくらい真剣な史章さんの表情に面食らいつつも、素直に受け入れられるわけがなかった。

「嘘……。嘘です、だって史章さん、私のことがずっと嫌いで……。キスしたのも嫌いだから嫌がらせのつもりで……だから」

結婚したのも宮水海運の後継者になったからで、本当は小野さんと結婚するはずだった。

涙が溢れ彼の手を濡らす。顔を背けたいのに、叶わない。そのまま彼に強く抱きしめられた。

「悪かった、茅乃を傷つけて。謝って許されるとは思ってないし、茅乃が俺を嫌っているのも無理はないと思っている。……でも俺は茅乃を嫌っていない」

わずかに腕の力が緩んだので、私はそっと上目遣いに史章さんをうかがう。すると彼は真っ直ぐに私を見つめてきた。

「好きなんだ。あの頃、自分の立場も茅乃との関係もどうすることもできなくて、持て余した気持ちを、あんな形で茅乃にぶつけた。子どもだった。傷つけたままで……ごめん」

謝罪した彼の顔が、高校生のときのものとかぶる。

嫌われて……いない？

嫌われていると思っていた私にとって、あまりにも寝耳に水な話だ。けれど、嫌われていなかったと知って、ますます涙腺が緩む。

「好きって……いつからですか？」

聞こえるか聞こえないかくらいの声で尋ねた。疑ったわけではないけれど、できればはっきりとした確証が欲しい。史章さんの口から直接聞きたくてじっと見つめていたら、彼は嫌な顔ひとつせず、ゆっくりと話し出した。

「最初、茅乃のピアノを聞いたとき、無理矢理ピアノをやめさせられた自分に重なって、お節介だと思いながら声をかけたんだ」

初対面のときは、あまりいい印象を抱かれていないと思ったのに、次に会ったとき史章さんから楽譜を手渡され、弾けるように練習したらいいと勧めてくれたのは、そういう理由だったらしい。

「それ以上は関わらないつもりだったのに、嬉しそうにピアノを弾いて真面目で素直な茅乃をいつの間にか放っておけなくなった。それに、茅乃には痛いところを突かれっぱなしだったかなら」

苦笑する史章さんに、虚を衝かれる。痛いところって？　まったく身に覚えがない。

それが顔に出ていたのか、史章さんは懐かしむような面持ちになる。その表情があまりにも優しくて胸が高鳴る。

「昔から宮水海運を継ぐのは裕章だからってなんでも兄中心に生活が回っていた。俺は次男だから当然後継者になれないと刷り込まれて、家の事業に興味を抱いていたけれど次男ってだけで全部無駄だと思っていた。やさぐれていたんだ。そんなとき茅乃に、自分の気持ちを伝えてから諦めても遅くないって言われて、目が覚めたんだ」

『お父さまやおじいさまに伝えてから諦めても遅くないと思うんです』

あのときは、彼の事情などなにも考えもせず、自分の考えを押しつける形になってしまった。後悔していたけれど、少しでも史章さんになにか響いていたのなら嬉しい。

「あのあと、真剣に自分の気持ちを伝えて、父や兄と話したよ。そのときに兄は宮水海運を継ぐよりも大学で専攻したエネルギー産業に興味があって、そっちに進みたいって父を説得し出して……。父も兄を後継者にするのは諦めて、俺に条件を出してきた。父の言う通りの進路を辿って学び、その都度結果を残して、俺は正式に宮水海運の後継者になったんだ」

裕章さんから話を聞いたときは、てっきり他の分野に進みたいと考えている裕章さんに気を使って、史章さんが後継者になると宣言したのかと思っていた。

でも、全部彼の意思だったんだ。

「すごいです、史章さん。たくさん努力されたんですね」

私には想像もつかない厳しいハードルをクリアしてきたのだろう。

「乗り越えられたのは茅乃のおかげだ」

「え？」

史章さんはいつもの余裕めいた笑みを浮かべる。

「月ヶ華家の令嬢に結婚を申し込むなら、宮水海運を継ぐくらいの立場になっていないと話にならないだろ」

まさかここで月ヶ華の名前が出てくるとは思ってもみなかったので、一瞬混乱する。それは、つまり……。

「宮水財閥の息子とはいえ、鹿島ほど月ヶ華に釣り合う家でもない。家柄を大事にする世界で茅乃と結婚するには、宮水海運の後継者になるのは絶対だと思っていた」

揺れない瞳に捕まり、瞬きひとつできない。そんな中、史章さんの形のいい唇がゆっくりと動く。

「茅乃が欲しくて、絶対に手に入れるつもりでここまできたんだ」

止まっていた涙が再び溢れ出し、今度は優しく抱きしめられる。

「鹿島なんてやめておけ。茅乃が想い続ける価値なんてない。今日も身に沁みただろ？　婚約者なんて名ばかりで茅乃を傷つけてばかりの男、さっさと忘れろ」

「……まるで私が、まだ幸太郎さんを想っている言い方ですね」

腕の中で返すと、史章さんは腕の力を緩め、目を丸くして私を見下ろしてきた。

「違うのか？」

「違いますよ！」

驚きを隠せないでいる史章さんに対し、即座に否定する。きちんと伝えないと。

「史章さんと結婚したときから……その前から……私が好きなのは、史章さんだけです」

恥ずかしさで声が震える。初めて自分の気持ちを口にした。

史章さんに偉そうなことを言っておきながら、ずっと伝えられなかった。

「本当に？」

確かめるような彼に、こくりと頷く。

「キスも触れるのも嫌がっていたのは？」

「あ、あれは……」

さらに追及され、どう説明すべきか迷う。けれど、もう素直に言うべきだ。

「初めてキスされたとき、大嫌いだって言われて……。それが残っていたんです。この結婚は割り切ったものだと思っていましたけれど、史章さんに……好きな人に嫌いだって思われながらキスされるのは嫌だったんです」

恥ずかしさで居た堪れなくなる。史章さんの顔がまともに見られず、目を逸らしていると、彼が小さくため息をついたのがわかった。

「茅乃は……今もずっと鹿島を想い続けていると思っていた」

「な、なぜですか？」

「学生の頃、鹿島の不誠実さを知っていても、あいつを慕って、結婚するって決めていただろ？」

否定できない。幸太郎さんがどんなつもりでも結婚するつもりだった。

いつか自分を見てくれる、必要としてくれると言い聞かせて。でも、それは……。

「信じていたって言えば聞こえはいいですけれど、幸太郎さんと向き合うのを放棄していたんです」

幸太郎さんと結婚すれば父に認めてもらえるかもしれない。役に立ったって褒められるかも。そんな打算的な気持ちがあったのも事実だ。

幸太郎さんだけを不誠実だって責められない。

「馬鹿ですよね、私。だから私が選ばれなくて当然といいますか」

「俺は」

自嘲的に告げる私を、史章さんの低い声が遮った。

「相手に求めるのではなく、自分の気持ち次第だって前を向く茅乃が眩しくて、そこまでして想ってもらっている鹿島が羨ましかった」

彼の発言に目を瞠る。私が反応する前に、史章さんがこつんと額を重ねてきた。

「茅乃と結婚できて幸せなんだ。『結婚してよかったって思わせてくれるんだろ？』なんて言ったが、茅乃だけが頑張る必要はない。夫婦なんだ。俺も努力する。茅乃に俺と結婚してよかったって思わせる」

必死で、切なそうで……。史章さんのこんな表情は初めて見る。今までの誤解やすれ違いを取り除こうとしているのが伝わってきて、じんわりと胸の奥に沁みていく。

どうして？

『相手の方がどんなつもりでも、私と結婚してよかったって思ってもらえるように頑張ります』

割り切らないと。相手に求めたら傷つくだけだ。私の受け止め方を変えたらいい。

そう思っていたのに、史章さんを前にすると、期待が溢れそうになって、その分不安が膨らんで心乱されてばかりだ。

「だからもっと甘えてほしいし、頼ってほしい。茅乃を誰よりも大切にする」

相手がどういうつもりでも、とはいかなくなる。だって——。

「好き」

ほぼ無意識に、彼への想いが声になる。かすかに目を瞠った史章さんを私は真っ直ぐ見つめた。

「史章さんが……好きです」

言えてホッとしたのと同時に、言葉にして改めて気持ちを自覚する。

ピアノを通して史章さんと出会って、家柄と関係なく接してくれる彼のそばは心地よかった。ぶっきらぼうで厳しいことを言うけれどそれ以上に優しい。

一緒に過ごせる時間が幸せで、幸太郎さんよりも史章さんに会う方がいつの間にか楽しみになっていた。史章さんをもっと知りたいと思う反面、幸太郎さんの婚約者という立場から自分の気持ちに気づかないふりをしていた。

嫌われているって思っていたのもあって、ずっと心の奥に蓋をしてしまっていた想いを、自分にも史章さんにももう誤魔化さなくていいんだ。

「茅乃」

頬を撫でられながら名前を呼ばれ、私は静かに目を閉じる。唇に柔らかい感触があり、温もりが伝わった。

懐かしいようで、初めての感覚——彼とのキスは二回目だけれど夫婦になって、想いを通わせ合ってする口づけは今が初めてだ。

そっと唇が離れ、ゆっくりと目を開けると至近距離で史章さんと目が合う。反射的に視線を逸らそうとしたら、再び唇を重ねられた。

「ん……」

心臓が破裂しそうだ。正面から唇を合わせるだけではなく、上唇と下唇を順に音を立てて口づけられる。そうやって角度を変えて何度もキスをされ、緊張しつつも目を閉じて受け入れた。温かいもので心が満たされていく。

唇の温もりが消え目を開けたら、史章さんの手が顎にかけられ、親指の腹で唇をなぞられた。

「息まで止めなくていい」

「あ、はい」

苦笑しながら告げられ、真面目に返事をする。でも、どのタイミングで息をしたらいいのか正直、わからない。

あまりにも初歩的な戸惑いに、ムードもなにもあったものではなく、居た堪れなさで肩を縮めた。

「ちゃんとできなくてごめんなさい」

「謝らなくていい……嫌か？」

彼の問いかけに首を横に振る。

嫌なわけがない。むしろ――。

「逆に……もっとしてほしいです」

恥を忍んで弱々しく返す。けれど本音だ。キスは、好きな人との特別な触れ合いだと実感する。

こんなふうに自分から求めるなんて、史章さんはどう思っただろう？

「本当に茅乃には敵わないな」

「え？」

ため息混じりに史章さんに返され、どういう意味なのかと慌てる。尋ねる前に、打って変わって真剣な面持ちになった史章さんに見つめられた。

「もう遠慮しない」

そう言って再び甘い口づけが始まった。言葉通り、先ほどよりも性急に唇が重ねられ、たっぷりと長いキスのあとに、音を立て軽く触れるだけのキスをされるなど、緩急をつけながら幾度となく口づけが繰り返される。その間、史章さんの手が私の頬や髪を大事そうに触れ、私の気持ちは落ち着いていく。

キスって、ただ唇を合わせるだけじゃないんだ。

愛されているって実感する。

少しずつ体の力が抜け、史章さんに身を委ねていると、不意に唇の間を舌先で舐められた。驚きで目を見開き、思わず腰を引いたが、素早く腕を回され逃げられない。

そのとき史章さんと目が合い、訴えかけてくるような眼差しに、私は観念してこわごわと引き結んでいた唇の力を緩めた。

「あっ」

それを見計らったように彼の舌が口内に侵入し、舌先を舐められた瞬間、体がびくりと震える。

そんな私を宥めるように、抱き寄せられた腕に力が込められた。

「んっ……んん」

ねっとりした厚い舌に捕まり、鼻から抜けるような声が漏れた。舌を搦めとられ、史章さんにされるがまま翻弄されていく。

不快感はないけれど、初めてのことに、どうしていいのかがわからない。

「はっ」

さすがに呼吸を止めたままにはしておけず、キスの合間に息を吸う。結果的に口を開けたことで、より深く求められる。

「ふっ……」

舌だけではなく頬の内側や上顎など腔内をくまなく舐めとられて、いつの間にか私からもぎこちなく舌を差し出していた。

応え方も正しい方法もわからない。はしたないと思われるかもしれない。でも史章さんが好きな気持ちは本物で、それを少しでも彼に伝えたかった。

「んん……ふっ……ん」

唾液が混ざり合って淫靡な水音が直接脳に響く。なにもかもが初めてで、怖くないと言ったら嘘になる。でもそれ以上に、もっと史章さんに触れてほしい。

ちりちりと焼けるような欲望が奥の方から湧き上がってくる。腔内から広がる熱が全身に回って、頭がくらくらしてきた。

好き。大好き――。

腰に回された腕も、頬に添えられた手もすべてが優しくて、胸が締めつけられる。じんわりと視界が滲んで、瞬きしたら涙がこぼれそうだ。

たっぷりと口づけを交わしたあと、ゆっくりと唇が離れた。

必要以上に息が上がっていて、史章さんの顔がまともに見られない。口の端を濡らしている唾液を手で拭おうとしたら、その前に彼にぺろりと舐められた。

「あっ……」

驚きで戸惑っていたら、強く抱きしめられる。息遣いさえ感じる距離に、心臓が壊れそうだ。でも、この温もりはやっぱり落ち着く。そっと自分の腕を史章さんの背中に回した。

「今すぐ茅乃を抱きたい」

ところが次の瞬間、耳元で余裕のない声が聞こえ、私は硬直した。それを彼も感じたらしい。腕の力を緩め私をうかがってくる。

「ど、どうぞ」

彼の視線に耐え切れず、うつむいて小さく呟いた。言ってから、慌てて補足する。

「夫婦なら当然といいますか……。史章さんの立場なら子どもも望まれているでしょうし、結婚したときから私は――」

「夫婦とか結婚したからとか、関係ない。茅乃が好きだから抱きたいんだ」

はっきりと言い切られ、ストレートな物言いに一瞬で頬が熱くなる。私はちらりと彼を見た。

「でも史章さん、結婚して最初の夜以来、私のこと……」

指摘すると史章さんは苦虫を噛み潰したような顔になる。

「あれは、茅乃がとっくに鹿島のものになっていると思っていたから、気持ちが焦ったんだ」

「へ？」

予想外の内容が彼の口から飛び出し、つい首を傾げる。史章さんは照れと気まずさの混じった表情だ。

「鹿島から婚約者として茅乃に会っている旨を聞かされていたから、てっきり……」

「会う、といっても顔を合わせる程度で、幸太郎さんは基本的に私のためにあまり時間を割く方ではなかったですから」

幸太郎さんが史章さんにどんな説明をしたのかはわからないが、とはいえ成人した婚約者同士が会っていると聞いたら、そういう関係になっていてもおかしくないと思うのが普通だ。

現に、幸太郎さんは別に会っていた女性と体の関係はあったんだもの。

「そんな顔をするな。あいつのために茅乃が傷つく必要はない」

強い口調なのは、私の代わりに幸太郎さんに怒ってくれているんだと、今は理解できる。

「大丈夫ですよ。傷ついたのではなくて……その、私に女性としての魅力があまりないのかなって」

苦笑しつつ気にしていた内容を正直に話す。すると史章さんは眉間の皺を深くした。そっと頬に手を添えられる。

「俺が、どれだけ耐えていたと思う？　初めて茅乃を抱いたあと、自分の気持ちばかりだったと後悔して、茅乃の気持ちが俺に向くまで手は出さないって決めたんだ。その決意が何度揺らぎそうになったか」

まさか史章さんがそんな想いを抱いていたとは思いもせず、むしろ私が嫌いだからだと、真逆の意味で捉えていた。

「もしかして、出張前にソファで寝ていらしたのも……」

「忙しかったのも事実だが、茅乃のそばで理性を保つ自信がなかったんだ」

続きを受け取る形で、史章さんはぶっきらぼうに言い放つ。けれど、彼はふっと笑みをこぼした。

「それなのに俺をベッドで寝かせようと、茅乃がわざとソファで狸寝入りをしたときには参ったと思った」

「き、気づいていたんですか？」

私の目論見も、寝たふりをしていたのも、どうやら史章さんにはバレバレだったらしい。恥ずかしさで身を縮める。

「そのうえ寝惚けながら甘えてくる茅乃が可愛くて、自分を抑えるのに必死だった」

「え？」

寝惚けながら？　そんなことをいつしたのか。けれどすぐに思い当たる節があった。

あのとき見た史章さんの夢は、私の願望が見せたものではなく現実だったらしい。

「茅乃に余計な心配や不安を抱かせていたんだな。悪かった」

「史章さんは、悪くありません！」

詫びる史章さんに即座に返す。私も自分の気持ちを優先して、彼からのキスを拒んで気を揉ませてしまっていた。

「私も自分の気持ちを言わずに、勝手に思い込んでいましたから……。でも史章さん、誕生日も覚えてくださっていましたし、その……初めてのときも、十分に優しかったです」

距離を置かれつつも大事にされているのは伝わってきていた。私が欲張りになっていったんだ。

「もっと優しくして、甘やかして、茅乃を愛したいんだ」

彼から目を逸らさず、頬に添えられた彼の手に自分の手を重ね、目だけで頷く。

「私も……愛されたいです、旦那さま」

そのまま顔を近づけられ、ゆっくりと唇を重ねられた。


自分で歩けると言ったのに、リビングのソファから史章さんに抱き上げられて寝室まで連れて行かれた。

リビングとは打って変わって落ち着いた暖色系のライトが部屋をほのかに照らし、そんな中ベッドに降ろされ、今さらながら緊張が増していく。

史章さんは膝を折り、ベッドに腰掛ける私に目線を合わせた。端整な顔立ちに改めてときめく。

「茅乃」

頬に手を伸ばされ、愛おしげに名前を呼ばれ、胸が高鳴る。

私とは全然違う、頬に添えられた大きくて骨張った史章さんの手に思い切って自分から擦り寄り、伝わる温もりや乾いた手のひらの感触を堪能する。

安心して落ち着く。ふぅっと息を漏らし、彼を見つめた。

しばらく見つめ合い、ゆるやかに唇が重ねられる。

唇が離れた次の瞬間、強く抱きしめられた。彼の唇が耳たぶに寄せられ、軽く口づけを落とされる。

「あっ」

久しぶりの感触にびくりと体が震えた。その隙にうしろに回された史章さんの手がパジャマ越しに背中を撫でていく。

頬に触れられるのとはまた違う、労るような、安心させるような触れ方だ。大きな手のひらの感触が心地よく、私も彼の背中に腕を伸ばし、正面から密着する形になる。

深呼吸して、この状態の幸せを噛みしめる。けれど満たされていく一方で、さらにしてほしいと願っている自分もいた。

史章さんは――。

次の瞬間、パジャマの裾から彼の手が滑り込んできて、直接背中に触れられる。

「ひゃっ!」

驚きのあまり変な声が出てしまい、羞恥心で頬が熱くなる。それよりも背中がもっと熱い。

「んっ」

布一枚あるかないかで全然違う。史章さんは私に触れながら、耳や首筋に音を立て口づけていく。

「嫌か?」

ふと問いかけられたが、いつもの心配そうな聞き方ではなく、どこか余裕めいている。まるで私の回答がわかっているかのようだ。

なにも言えず、私は頭を振って否定する。私の反応に史章さんはふっと微笑み、変わらずに私に触れ続ける。

「ふっ」

自分でもなかなか手が届かない箇所を彼の湿った手のひらが撫で、乾いた指が焦らすように皮膚の上をなぞっていく。

目が合うと唇が重ねられ、彼の手はいつの間にかパジャマの前ボタンにかけられていた。

キスや触れられるのに意識を持っていかれ、抵抗せずにいたらあっという間にボタンを外され脱がされる。

「あっ」

するりとパジャマが肩を滑り、上半身が空気に晒された。さすがに恥ずかしさで胸元を押さえようとしたら、ゆっくりとうしろに倒される。

ぐらりと視界が揺れ、背中にベッドの感触がある。

「茅乃」

天井を目の端に捉えた瞬間、低く艶っぽい声で名前を呼ばれ、心臓が跳ねた。史章さんは自身のパジャマに手を掛け、素早く脱ぎ捨てる。その仕草はもちろん、引き締まった彼の上半身に息を呑んだ。

初めての夜は、恥ずかしさと意識しているのを知られたくなくて、極力史章さんを見ないようにしていた。粗相をしてはいけないという気持ちが先立って、愛し合う行為だと認識できなかった。

私に覆いかぶさってきた史章さんが、優しく頭を撫でる。

「茅乃を愛している」

どこまでも真剣な声と表情に、思わず泣きそうになる。大嫌いだと言われ、傷ついて頑なだった私も一緒に抱きしめられた気がした。

「私も……。史章さんが好きです。出会ったときからずっと」

役立たずと言われ、希望なんて口にしてはいけないと思っていた私が、初めて手を伸ばした――伸ばしてもいいと言ってくれた人だから。

第四章　自分で選んだあなたとの未来

「茅乃さん、史章さん。結婚おめでとう」

「喜久子さま直々に令月会への参加を認められるなんて、さすがだね」

すっきりしない天気が続く梅雨空の六月の半ば。半年に一度開かれる令月会に私は史章さんと共に参加していた。

まずは父に挨拶を、と思ったがまだ会場に父の姿はない。どうやら遅れて参加する旨の連絡があったらしい。いつも父と一緒に参加していたから、なんだか不思議な感覚だ。

私と史章さんの結婚は知られるところになり、次々とお祝いの言葉をもらう。

その前に、幸太郎さんと破談になった件についてもっとなにかを言われるかと構えていた。しかし、そこはみんな大人だからか、結婚して間もなくおばあさまに令月会への出席を認められた史章さんへの関心が高いからか。

「今度、史章くんに紹介したい面々がいてね。月ヶ華家とは長い付き合いなんだが、会っていて損はないだろう」

「ありがとうございます」

史章さんは臆することなく年配者たちと会話に臨んでいる。

媚びもせず萎縮もせず、この独特な雰囲気に馴染んでいるのは、純粋にすごい。

スーツ姿の史章さんの隣に私はひとえの着物で立っていた。

今回は瑠璃色の正絹生地に百合や桔梗、女郎花などが描かれている訪問着を選び、金糸に更紗文様のあつらえられた帯を組み合わせている。

今までは父の半歩うしろに下がり、誰かに挨拶するのも会話をするのもすべて父の監視下で私はまるで人形だった。

「史章さん、茅乃ちゃんはいいお嬢さんでしょう？」

父なら間違いなく否定して貶めただろう。反射的に身構えると、史章さんに軽く肩を抱かれる。

「ええ。彼女と結婚して幸せです」

堂々と答える史章さんに目を丸くする。驚いたのは私だけで周りはにこやかな表情だ。

「茅乃ちゃん、素敵な人でよかったわね。茅乃ちゃん自身、とても幸せそうだもの。自然な笑顔がとても素敵よ」

「は、はい。ありがとうございます」

今日は、史章さんの妻として、ここにいるんだ。

「結婚式、楽しみにしているわね」

慌てて頭を下げる。

「はい。どうぞよろしくお願いします」

今月の最終週の日曜日、私と史章さんの結婚式を予定している。さすがに親族全員は呼べないが、多くの招待客に会場は一番大きなホールのあるホテルを選んだ。

「守男くんも安心しただろうね。月ヶ華製網船具も宮水海運の傘下に入って持ち直せそうだって聞いたよ」

「正直、守男さんのやり方に不満を抱く方も多かったと聞きますから」

ぽつりと呟かれた言葉に、一瞬の沈黙が訪れる。

父の評判は気づいていた。母が亡くなったあと、さっさと再婚し、さらにその女性との間に子どもがいた事実に対しても、父にいい印象を抱いていない人は、一族の中でも多い。

それでも現当主の息子という立場で、父は自身を省みることはなかった。

父はまだ来ないのだろうかと会場を見渡していたら、ある人物が目に入る。久しぶりに会に出席した祖母——月ヶ華家現当主の姿である。

入院していたとは思えない堂々とした気品ある佇まいはさすがで、会が始まってから挨拶に訪れる者がひっきりなしにいたのだが、今はその人の列も落ち着いている。

史章さんと目配せし、私たちは祖母の元へ近づいた。

「おばあさま」

「母さん」

そのとき別の方向から父の声が聞こえた。今、会場に着いたのだろう。

「お父さま」

その声に反応し、父がこちらを向いた。私たちに気づいた父は目を瞠ったあと、怒りか不快感顔なのか、顔を歪める。

「本当に、宮水まで参加したんだな」

「あ、はい」

吐き捨てるように父が言い、反射的に体が強張る。不機嫌なのがありありと伝わってきて、こうなると私は、当たり散らすよう責められるのがお決まりだった。

史章さんが庇うように私を抱き寄せ、父を睨みつける。

「私が茅乃の夫の令月会への出席を許可したのよ。あなたが口を出す権利はないわ」

さらに祖母が冷静な口調で父に告げた。父の意識は祖母に向く。

「なぜですか？　この男よりも千萱が先でしょう。妻だって」

訴えかける父を祖母は冷たい目で見つめた。底冷えするような眼差しに、父は途中で口をつぐむ。直接向けられたわけでもない私でさえ背中が震える。

「令月会に相応しい者かどうかは私が判断します。あなたも納得して彼女と結婚したのでしょう。それよりも久々に会った当主に開口一番に告げる内容がそれですか」

父は口ごもった。実母でありながら、おそらく父は祖母を見舞ったり労ったりなどしていないのだろう。

何度か私が祖母の様子を尋ねたが、父は興味なさそうで、それよりも自分が次期当主になるかもしれない期待に胸を膨らませ、私は複雑だった。

祖母は父のそういった本質を見抜いているのだろう。

「失礼しました。お元気そうでなによりです」

父は悔しそうな顔で祖母に頭を下げたあと、私たちを睨みつけその場を去る。

「おばあさま」

「茅乃。あなたも、あなたの夫も私が令月会への参加を認めているんです。堂々としていなさい」

私が切り出す前に、祖母ははっきりと言い切る。私は改めて背筋を正した。

「はい」

それから史章さんと共に挨拶をし、少しばかり近況の報告をする。

「おばあさま、どうかお体を大切になさってくださいね。次は私たちの結婚式で、元気なお姿を拝見したいです」

最後に結婚式について伝えると、祖母は軽くため息をついた。

「行きたいのは、やまやまですけどね。体調がわからないから約束はできませんよ。宮水財閥もそれなりの参列客になるでしょうから、あなたの立場的にも月ヶ華家の当主として行ってはあげたいのだけれど」

「いいえ」

短く打ち消した私に、祖母は虚を衝かれた顔をする。

「現当主という立場の前に、私のおばあさまとして来ていただきたいと思ってます。ですから、体調を最優先させてください」

嘘偽りない気持ちだ。体面が大事なのは重々承知しているが、祖母には身内として来てほしいと思う。私にはもう母がいないから。

「わかりました。一応参列するつもりでいるわ」

「はい」

史章さんと共に頭を下げ、私たちはその場をあとにした。

タクシーでマンションに着いたのとほぼ同時に小雨が降り出す。タクシーを使うとはいえ、着物で雨の中を移動するのは大変なので、お天気が保ってくれてよかった。

「お疲れさま、疲れただろ」

リビングでひとまず上着を脱ぎ、ネクタイを緩める史章さんから声をかけられた。

「史章さんもお疲れさまです」

令月会への参加はいつも緊張してしまうので、終わったあとにはどっと疲労感が襲ってくる。何度も参加している私でさえこのありさまだ。

史章さんは、もっと疲れただろうな。

「私、着替えてくるので先にシャワー浴びてください」

「俺はあとでいい。一件、電話しないとならないんだ」

そう言われてしまうと、おとなしく従うしかない。

「お忙しいところ、今日はすみませんでした」

おばあさまから許可が出たとはいえ、史章さんが令月会に絶対出席しないといけないわけではない。私に付き合わせている形だ。

「謝るな。令月会に顔を出せたのはよかったよ。結婚式の前に茅乃の親戚に挨拶できたし、仕事につながる話もあった。茅乃の夫として少しは認められたのなら言うことない」

「み、認めるなんて。史章さんは十分に素敵で、私にはもったいない旦那さまですよ」

慌てて返すと、史章さんはふっと笑みをこぼした。

「そんなことない。でも茅乃にそう思ってもらえるなら光栄だな」

言いながら、史章さんはゆっくりと私に近づいてきた。正面から向き合う形になり、史章さんは私をまじまじと見つめる。

「着物も、よく似合っている」

「ありがとうございます」

なんだか照れてしまう。そのまま顔を近づけられたので目を閉じると、静かに唇が重ねられた。

もう何度目のキスかわからない。こうやってふたりでいるときは、史章さんはたくさんキスをしてくれるようになった。

「結婚式までもう二週間ですね」

「そう考えるとあっという間だな」

どちらも参列者が多いので会場についての選択肢はほぼなかったが、結婚式は和装で行い、披露宴ではウエディングドレスを着る段取りになっている。

入籍した日とはまた違う、夫婦としてひとつの区切りとなる大切な日だ。

「あまり希望を聞いてやれなくて悪かったな」

両家の意向やこだわり、伝統など自分たちだけの意思では決められない部分が多々あったが、その中で自分の好みは十分に反映できた。

「いいえ。ドレスも選べましたし、披露宴で会場に流す曲やお花も任せてもらって、十分ですよ」

こだわり出すときりがなく、仕事をしながら結婚式の準備を進めるのは大変だけれど一生に一度のものだ。来てくれる参列者のためにもいい式にしたい。

「茅乃が負担に感じていないならいいが、あまり無理するなよ」

「はい」

気遣ってくれる史章さんの優しさが嬉しい。

「史章さんこそお忙しいですし……結婚式、負担ではないですか？」

忙しさでは彼の方が上回っている。先日の株主総会で、史章さんは引き続き代表取締役副社長に重任した。副社長は複数いるらしいが、代表権を持つのは彼だけで、次期社長としての仕事量も増えているように思う。

「正直、結婚式に興味も憧れもまったくないな」

史章さんの飾らぬ言い方に苦笑する。彼にとって結婚式は、義務以外のなにものでもないのだろう。

「でも、茅乃を俺の妻だと皆の前で宣言できるのは悪くないな」

「え？」

目を瞬かせる私に、史章さんは微笑んだ。

「それに茅乃の花嫁姿は正直、楽しみにしている」

「あ、ありがとうございます。史章さんも絶対素敵だと思うので、私も楽しみです」

照れてしまい、つい早口に返す。

史章さんがそんなふうに期待してくれているとは思ってもみなかった。そして、その日は彼の妻だと皆の前でお披露目されるのだと改めて自覚する。

結婚式、絶対に失敗しないようにしないと。

気合いを入れていると、史章さんが私の頭をそっと撫でた。

「とりあえず着替えてきたらどうだ？」

そこではたと思い出す。先にシャワーを促され、私は彼を待たせている立場だ。

「すみません。すぐに脱いできますから」

「脱がすの、手伝った方がいいか？」

慌てる私に、史章さんがからかい混じりの口調で聞いてきた。

「じ、自分でできます」

反射的に答えると、そっと額に唇を寄せられる。

「遠慮せずに湯船にゆっくり浸かってこい」

ぎこちなく頷き、私は踵を返す。いちいち大げさに反応してしまう自分がなんだか恥ずかしくなり、足早に自室を目指した。

着物を脱いだあとはバスルームに直行し、メイクを落としてまずは髪や体を洗う。湯船に浸かる頃には、さっぱりしていた。

令月会ではいつも気を張り詰めっぱなしだが、今日は少しだけ違った。もちろん史章さんとふたり一緒の出席が初めてだったので、違う意味で緊張していたけれど、逆に今日は史章さんがずっとそばにいて、心強かった。

私、史章さんと結婚できて幸せだな。

しみじみ感じながらなにげなく視線を下げると、肌に残るいくつもの赤い痕に羞恥心が起こる。服を着たら見えない位置ではあるけれど、史章さんに抱かれるたびに痕が増えていく。

初めてキスマークをつけられそうになったとき、私が意味を理解できず驚いたのもあって、史章さんはけっして同じ真似をしようとしなかった。

『もっと強くしても……大丈夫ですよ』

首筋から胸元に唇を添わされ、肌に軽く口づけられたとき、私から弱々しく申し出た。すると意味を悟った史章さんは、心配そうに私をうかがってくる。

『だが』

『あのときは、されたことがわからなくて、驚いてしまって、その……』

最初に拒んでしまった理由を必死に伝え、羞恥心を押し込めて彼の目を見た。

『思いっきり愛されたいです。史章さんに』

その気持ちに嘘偽りはない。けれど決死の想いで伝えてから、史章さんはさらに容赦がなくなった気がする。愛されない日はないくらい。

今日もする……のかな?

体が熱いのはのぼせたのか、別の理由があるのか。

私はお風呂から上がった。

ひとまず史章さんにもシャワーを浴びてもらおうと、髪を乾かすのもそこそこにリビングへ向かう。ところが史章さんは、どうやらまだ電話中だった。

「ああ、その日なら空いている」

もしかしたら仕事の電話かもしれない。私はその場を動かず、気配を殺した。今、余計な口出しはしない方がいい。

「いや、十分だ。何度も連絡して悪いな、麻美」

しかし、彼の口から出た名前に心臓が止まりそうになる。

麻美って――小野さん？

もしかしたら別人かもしれないけれど、電話の相手は小野麻美さんだと直感が告げている。

耳を澄ますと、電話の向こうの声は女性のようだ。そこから相手は判断できないが、私の予想は当たっているだろう。

史章さんに気づかれないようバスルームに戻り、ドライヤーで髪を乾かすことにする。スイッチを入れると熱風の噴き出す音が静けさを消した。

今、史章さんの前に平気な顔をして出られる自信がない。

なんで？　ふたりは婚約を解消したはずじゃ……。

でもパーティーで見かけた史章さんと小野さんの様子からすると、険悪な関係になっていないのはうかがえた。仮に電話の相手が小野麻美さんだったとしても、事務的な用事かもしれない。家同士のつながりもあるだろうし。

言い聞かせて動揺を落ち着かせる。もう電話は終わっただろうかと気にする自分が空しかった。


次にリビングに足を踏み入れたとき、電話は終わっていた。平静を装って史章さんに近づき、シャワーを勧める。

「お風呂、先にありがとうございました。……電話、大丈夫でしたか？」

「ああ」

短く返され、一瞬迷う。

「お仕事の電話……ですか？」

「いや、プライベートな用事だがもう解決した」

私の緊張など知る由もなく、史章さんはためらいなく答えた。プライベートと言われたことで、逆に相手を聞きづらくなる。

「茅乃」

名前を呼ばれ顔を上げると、ソファに座っている史章さんに手招きされ、ゆっくりと近づく。

彼は私の手を取り、見上げてきた。

「髪、きちんと乾かしたんだな」

まるで子どもを褒めるような言い方に、私は少しだけ唇を尖らせる。

「子どもじゃないんですから」

可愛くない言い方をしてすぐに後悔した。だらしないと思われたかも。すると史章さんが私の髪の先に軽く触れた。

「俺が早く入れるようにって、いつも急いでくれているんだよな」

図星を指され、言葉に詰まる。

「史章さんのせいじゃないです」

私が勝手にしていることで、史章さんに気を使わせるわけにはいかない。

「茅乃」

彼の反応をうかがっていたら、どういうわけか名前を呼ばれ、腕を引かれる。

「わっ」

思ったよりも強い力で、油断していた私はバランスを崩して前のめりになった。しかし気づけば腰に腕を回され、ソファに膝立ちして史章さんと向かい合う形になる。

「あ、あの……」

「茅乃があまりにも可愛らしくて」

気恥ずかしさで離れようとする私に史章さんが臆面もなく告げてきた。私がなにか言う前に、頬に手を添わされる。

「キスしたくなった」

余裕めいた表情で見つめられ、かっと顔が熱くなる。けれど、このあとの流れがわからないほど鈍くはない。全部、史章さんが教えてくれたから。

ゆるやかに目を閉じると唇に柔らかい感触がある。何度か重ねられたあと舌が差し込まれ、探るように内側から唇に添って舐めとられる。背中がぞくぞくと震え、史章さんのシャツをぎゅっと握ると、腰に回されている腕に力が込められ、より彼の方に引き寄せられた。

密着する体勢になったのと同時にキスはさらに深いものになっていく。

「ん……っん、ぅ」

ぎこちなく応えようとするものの結局は史章さんにされるがままだ。舌を搦めとられて、腔内を刺激され、なにも考えられなくなっていく。唾液の混ざり合う音も感覚も恥ずかしいのに、もっとしてほしいと願う自分もいる。

キスってこんなに気持ちのいいものだったんだ。

もちろん、相手が史章さんだからだ。彼以外の人とこんな真似、考えられない。キスの合間に背中や後頭部を撫でる大きな手のひらの温もりが、私を安心させる。

史章さんのこと、どんどん好きになっていく——。

一方で、先ほどの史章さんの電話が気になってしまう。

『何度も連絡して悪いな、麻美』

プライベートで何度も電話するってなにがあるんだろう？　聞いてもいいのかな？

視界がじんわりと滲んで、舌先を軽く吸われたあと唇はそっと離れた。

「可愛い」

改めて音を立て、ちゅっと口づけられる。続けて彼は私の髪に指を通した。

「こうして髪を下ろしている姿を見られるのも夫の特権だな」

普段、髪はまとめるのが当たり前だった。父からみっともないと言われ続けたおかげで、下ろしているのは、なんだかいけないような気がしてしまう。

「特権だなんて、大げさですよ」

苦笑して答えると、史章さんは触れていた髪を一房掬い上げ、自身の口元に持っていく。その仕草に目を奪われ、彼は視線をこちらに向けてきた。

「大げさじゃないさ。茅乃の一番にずっとなりたかったんだ」

それは私も同じだ。幸太郎さんと婚約しているときも、史章さんなら婚約者を大切にするのだろうと、想像しては胸が軋んだ。

「史章さん」

「ん？」

呼びかけると、彼は微笑んで聞く姿勢をとった。私は彼と目線を合わせで口を開く。

「名前……呼んでほしいです」

今さらで、突拍子もないお願いは史章さんも戸惑わせたかもしれない。けれどどうしても譲れなかった。

史章さんが小野さんと親しげに電話していて、彼女を名前で呼ぶ声が頭を離れない。

史章さんを疑っているわけじゃない。

でも――。

「茅乃」

目を見てしっかりと名前を呼ばれる。聞き慣れた彼の低くてよく通る声は、いつも胸に響く。彼はそっと私の頬に触れて距離を縮めてきた。

「茅乃を愛している」

そのまま唇を重ねられ、私は目を閉じた。

私、ちゃんと愛されている。大切に想ってもらえている。

波立っていた心が落ち着きを取り戻していく。ところが彼はキスを終えると、私の首筋に顔をうずめてきた。

「んっ」

吐息が肌にかかるだけで、体が震える。彼の手はパジャマ越しに胸元に伸ばされた。

「茅乃」

「ま、待ってください。史章さん、疲れているでしょうし、お風呂だって」

耳元で甘く名前を囁かれたものの、ふと我に返り状況を思い出す。でも史章さんは止まってくれない。

「全部あとでいい。疲れているから、茅乃に癒されたい」

その言い方はずるい。妻として、疲れている夫にはお風呂でゆっくりするなり、くつろいでもらうなりして、休んでもらうのが最優先だ。

きちんと拒まないと。そう頭の中で思う自分がいるのに、今は彼に触れられることに意識が持っていかれる。

パジャマの上から胸を優しく揉まれて、指先で頂を軽く撫でられる。

「だ、め……」

「本当に？」

泣きそうになりながら訴えるが、史章さんは余裕たっぷりに返してきて、手を止めてくれない。それどころか鎖骨辺りを舐めとられ、軽く吸われる。

「あっ」

「茅乃の肌は甘いな。全部にキスして触れたくなる」

彼が喋って肌にかかる吐息でさえ、刺激となって胸が苦しくなる。さっきから自分の中に溜まっていく熱を持て余して、どうしたらいいのかわからない。

彼は私の首元から顔を上げ、こつんと額を重ねてきた。

「で、やめた方がいいのか？　茅乃が嫌がる真似はしない約束だからな」

優しいのか、確信犯なのか。

「史章さん……意地悪です。ちゃんと休んでほしいのに……」

涙を堪えて、精いっぱいの反発心を見せてみる。私の答えなんて、史章さんには最初からお見通しだ。

私は思い切って、彼の首に腕を回した。

「でも、でも……今は、史章さんに愛されたくてたまらないんです」

私、こんなにワガママで欲深かった？

自分の希望ばかり口にして、史章さんにあきれられたり、嫌われたりしたくなかったのに。

『茅乃の希望するものをもっと教えてほしい』

『それが俺の今の一番の望みなんだ』

史章さんがそんなふうに言ってくれるから。私を甘やかしてくれるから……。

「愛したくてたまらないのは俺の方なんだ」

真剣な面持ちに目を瞠る。けれどそのあと、史章さんは表情を緩めた。

「茅乃の言う通り、意地悪だったな。俺が茅乃を欲しいんだ」

どちらからともなく唇を重ね、ベッドへと促す史章さんの指示に従い、私は抱き上げられるのをおとなしく受け入れた。

いよいよ結婚式を明後日に控えた金曜日の夜、信じられない光景を前に、私は動けずにいた。

「私、本当に……？」

さっきから何度も見直しているが、陽性を示す部分に線が入っている。

今日職場で、吉田先輩からどこか元気がないと声をかけられ、少しだけ体がだるいと正直に話した。きっと仕事や結婚式の準備で慌ただしくしているからだと思う。

仕事に支障をきたしてはいないが、心配をかけさせるのはよくない。

とはいえ十分な睡眠は取っているはずなのに、微妙な眠気が取れず目をこすっていると、不意に吉田先輩が口を開いた。

『もしかして妊娠しているんじゃない？』

『えっ……』

彼女の言葉に手を止める。とっさに否定しようしたが、比較的規則正しくやってくる生理が遅れてもう十日ほどになると気づいた。

先月の生理のときに、結婚式にはおそらくかぶらないと安心したのは覚えている。

忙しくて意識していなかった。

心臓が加速してなにも返せない私に、吉田先輩は優しく微笑む。

『ごめんなさい。勘で言っただけだけど、思い当たる節があるなら検査薬を使って確認してみたらどうかしら？』

『は、はい』

冷静に提案され、戸惑いつつ頷く。こういうとき、仕事ではもちろんプライベートでもアドバイスをしてくれる吉田先輩の存在はとても心強い。

仕事帰りに寄ったドラッグストアで妊娠検査薬は普通に売っていたものの、それを手に取ってレジまで持っていくのさえすごく緊張した。

帰ってきておそるおそる試してみたら、すぐに反応があり、驚きが隠せない。

リビングのソファに座り、落ち着こうとしてもじっとしていられず、無駄に行ったり来たりを繰り返す。

自覚症状はまだまったくなく、膨らみもない腹部にさりげなく触れてみた。

私と史章さんの赤ちゃんがここに……？

私が母親になれるのかという不安や重圧を感じながらも、間違いなく嬉しくてドキドキしている。

私、お母さんになるんだ。史章さん、喜んでくれるかな？

今すぐ伝えたい衝動に駆られるが、あいにく彼は一泊二日の出張で明日の昼過ぎに帰ってくる予定だ。

結婚式前日まで忙しい史章さんを心配しつつ、電話ではなく直接伝えたいと思い、ぐっと我慢する。

「一緒に結婚式に出られるね」

まだきっとものすごく小さいのだろうけれど、お腹の中にいる赤ちゃんに声をかける。

ひとまず病院で診てもらおうと、ブライダルチェックでもお世話になった産婦人科に予約を入れることにする。

今日はもう遅いから明日の朝一で電話してみよう。

式場との打ち合わせも済んでいるので、明日はゆっくり過ごす予定だ。

史章さん、どんな反応をするかな？　なんて言って伝えよう？

子どもみたいにワクワクする気持ちが止められない。そのとき電話が鳴ったので慌ててディスプレイを確認した。

「あ……」

表示された名前は、期待していた人物ではなかった。私は迷った末、おそるおそる電話に出る。

「はい」

『茅乃か？』

電話の相手は父だった。極力連絡を取りたくないが、結婚式について伝えなくてはならないこともあり、ここ最近は用件のみだがやりとりしている。

史章さんが実家との間に入ると申し出てくれたが、これ以上彼の負担を増やすわけにはいかないし、父との縁はそう簡単には切れない。

『お前が結婚するのを聞いて、親戚からお祝いを預かっているんだ。明日の朝にでも家に取りに来い』

「え？」

正直、父の用件は意外だった。進級、進学、誕生日。昔から親戚や知り合いが私に贈ってくれたお祝いを、父から渡されたことなど一度もない。お金だけに限らず物品もだ。

『お前には必要ないだろ』

あとから贈ってもらったことを知り、父に尋ねると冷たくあしらわれる。勝手に使われたのか、処分されたのかはわからない。

いつも取り上げられてばかりだったのに……。

「明日は昼過ぎに史章さんが帰ってくるので、別の日か、もしよかったら送って

――」

『手間をかけさせるな。お前が取りにくれば済む話だろ』

私の意見や都合などおかまいなしなのは変わっていないらしい。怯んでいる私に父は続ける。

『結婚式の段取りで確認したいこともある。来る前に一度連絡しろ』

「……はい」

一方的に言い切ると、父は電話を切った。変わらない父にため息が漏れる。

今さら、私に対する父の態度が変わるわけがない。けれど月ヶ華家の面子のためか父のプライドか。結婚式で新婦の父として振る舞うつもりはあるらしい。

それで十分だ。今の私の家族は史章さんと……この子なんだから。

腹部をさすり、今日は早めに休もうと私は腰を上げた。

翌日、産婦人科に電話すると、来週の月曜日の午後に予約が取れた。結婚式の翌日で有休を取っていたので、ちょうどいい。

左手をさりげなく見る。今、薬指に結婚指輪はない。明日の結婚式で交換する流れになっているので、先に式場に預けているのだ。

初めてつけたときは、違和感があったけれど、今は逆にしていないと落ち着かない。すっかり私の一部になっているんだ。

史章さんが帰ってくるまでにはマンションに戻っておきたいので、早めに実家にやって来た。まだこの家を出て半年も経っていないのに、もう何年も帰っていない気がする。

中に通され、室内に視線を飛ばす。昔ながらの日本家屋は増築とリノベーションを繰り返し、それなりの広さになっていた。

父が再婚してからは継母の趣味で部屋をコーディネートされ、母との思い出の部屋がどんどん変わっていくのが、幼い私には耐えられなかった。

子どもの頃の記憶を振り払い待っていると、父がやって来た。

「元気そうだな」

「お久しぶりです、お父さま」

すかさず頭を下げるのはもう習慣だ。そこにお手伝いさんがお茶を淹れてきてくれた。父の分だけではなく、私の分も用意されていることに驚く。

「清隆《きよたか》と達郎《たつろう》のところからだ。こっちは月ヶ華製網船具の者たちから」

「ありがとうございます」

父は約束通り、先に渡されていたであろうご祝儀袋を手渡してきた。口調はともかく、父からの待遇があまりにも良くなっていて正直、戸惑ってしまう。

宮水海運が月ヶ華製網船具の経営権を握ることになるから？

「明日、こちら側はもちろん、宮水の親戚や関係者も多いらしいな」

「はい。そのようです」

私の答えに父はふっと鼻を鳴らした。

「お前の粗相ひとつで宮水の評判も地位に落ちるな」

どこか面白そうに言う父に、唇を噛みしめる。やはり父の性格は変わらない。

「気をつけます」

これ以上、父と会話したくない。帰る前に湯呑を手に取り中身を飲み干す。幸い、持った感じからそこまで熱くないと予想できた。

これはどこのお茶なのか。やけに苦いが我慢だ。母から、出されたものはすべていただくようにと言われてきた。

あれ？　お茶ってカフェインが入っているから妊婦にはよくないのかな？

飲んでから気づく。しかしあとの祭りだ。動揺しそうになるのを必死で抑え、平静を装う。

「ごちそうさまでした。もう帰りますね」

父には妊娠を伝えるつもりはない。ご祝儀を鞄にしまい、私は立ち上がった。すると父はなにも言わず、同じように立ち上がる。

てっきりここで別れるのかと思ったが、父は意外にも部屋の外へ出て玄関に向かって歩き出した。

見送ってくれるの？

先を歩く父のあとを黙ってついていく。さっきから父の態度と言葉がちぐはぐで妙な違和感、いや不信感を覚えた。

「あの、お父さま。見送りはなくてもここで」

立ち止まり父に告げる。次の瞬間、立ちくらみが起こり、膝をつく。強制的に意識を引っ張られ、落ちていくような感覚が怖くなった。

なに？

自分の体になにが起こっているのか。振り返ってこちらを見下ろしている父の顔を確認しようとする。けれど、その前に私の意識はぷつりと途絶えた。


『茅乃』

誰？　お母さま？

愛おしげに名前を呼ばれ、なんだか泣きそうだ。でも母の姿は見えない。

母ではないなら誰？　だって私の名前をこんなふうに優しく呼んでくれるのは母以外に――。

『茅乃を愛している』

重い瞼を開け、何度も瞬きをする。私は畳の上に寝かされている状態で、ゆっくりと上半身を起こした。

「ここは……」

埃くさくて薄暗い和室――私はここを知っている。

「やぁ、茅乃。お目覚めかい？」

声のした方を見て、硬直した。

「幸太郎さん。どうして……」

扉から現れたのは幸太郎さんだった。

「どうしてって、もちろん茅乃に会いに来たんだよ。大事な婚約者なんだから」

「なに、言ってるんですか？」

意味も状況も理解できない。これは夢？

再びぼんやりし始める意識をなんとか引き戻す。

「それにしても、よくこんな古い建物を残していたね。さすがは月ヶ華家」

彼の言葉で確信する。ここは実家にある離れだ。

昔は病気を患った者が生活する場所だったらしい。母が亡くなり、父の機嫌が悪いときにはなにかとここに閉じ込められた。

『開けて！　お父さま、ごめんなさい。開けてください！』

泣きながら訴えていた自分を思い出し、胸が締めつけられる。

場所はわかったものの、どうして私はここにいるのか。幸太郎さんはどうして——。

警戒しつつ彼を見ると、幸太郎さんはにこりと微笑んだ。

「茅乃のお父さんに頼んでね、茅乃をここに連れて来てもらったんだ」

「父に？」

「そう。少し眠くなる薬を飲み物に混ぜてもらったんだ」

その言葉でさっと血の気は引く。一体、どんな薬なのか。妊娠中の薬の摂取は慎重にならないといけないことくらいは知っている。

もしも赤ちゃんになにかの影響があったら——。

意識し始めると、なんだか体調が悪くなってきた。立ち上がりたいのに、動けない。

「心配しなくても怪しげな薬じゃないよ。ちゃんとした医療用のものさ」

そういう問題ではないが、少しだけ安堵したのも事実だ。気を取り直して私は彼に質問をぶつける。

「幸太郎さんの目的はなんですか？」

ここまでして私とふたりになる理由がわからない。睨みつける私に対し、幸太郎さんは笑みを崩さない。けれど彼の目はまったく笑っていない。

「茅乃とね。仲直りをしにきたんだよ。やっぱりぼくには茅乃しかいないって気づいたから」

「意味がわかりません。幸太郎さんは美香さんとご結婚されて、お子さんも生まれるって――」

「あの女」

私の言葉を遮り、言い放った幸太郎さんの声も表情も怒りに満ちたものだった。眉間に皺を寄せ、幸太郎さんは立ち上がる。

「どうやらお腹の子どもは、ぼくの子どもじゃないみたいなんだ。二股かけていて、十中八九相手の子どもだって気づいていたくせに、鹿島の名前だけでぼくを選んで托卵する気だったのさ」

激昂する幸太郎さんを呆然と見つめる。まさか、幸太郎さんと美香さんがそんなふうになっていたとは思ってもみなかった。

「子どもができたからってあの女と結婚したのに、結局ぼくの子どもじゃなかった。最初から結婚を反対していた父は、事の顛末を知って、鹿島造船をぼくに継がせないと言ってきたんだ」

「え？」

「今さら弟を跡継ぎにするなんて無理に決まっている。でも弟は父の勧める相手と結婚し、夫婦仲も悪くなさそうで、父から必死に会社経営について学んでいる。冗談じゃない。そこはぼくの場所なんだ！」

出会った頃から鹿島造船を継ぐのは自分だと思っていた幸太郎さんにとっては、今の状況は耐えがたいのかもしれない。まるで小さい子どものように幸太郎さんは叫びながら主張する。

「父は茅乃をすごく気に入っていて、ぼくがあの女を選んだ際に、茅乃に申し訳ない、茅乃の方が素晴らしいお嬢さんなのにって嘆いていた」

結婚が破談になった際、幸太郎さんはなにも言ってこなかったが、幸太郎さんのお父さまは、直接謝罪に来てくれた。

たとえ月ヶ華の名前だけが目当てだとしても、そんなふうに思ってくれていたのは、ありがたい。

「その見立ては当たっていたみたいで、あの女は本当にだめだった。どこに連れて行っても教養も知性も品位もなく、ぼくに恥をかかせるだけ。夫を立てることも知らない」

吐き捨てる幸太郎さんが怖くなる。彼が受けた仕打ちを考えると無理もないのかもしれないが、好きだった相手をここまで罵られるのか。

そのとき幸太郎さんは貼りつけた笑顔でこちらを向いた。

「だから茅乃。ぼくたちやり直そう」

打って変わって明るい口調で告げられた内容に、衝撃が隠せない。

「茅乃と結婚したら、また父はぼくを後継者にするかもしれない。いかに茅乃が素晴らしい女性なのか。月ヶ華家の人間で、周りに自慢できる妻なのか理解できたよ。そのために、あの女と結婚して離婚したのだとしたら、これも運命だ」

「自分の都合ばかりで勝手なことを言わないでください。私はもうとっくに幸太郎さんの婚約者ではありません。そもそも私、今は宮水史章さんと結婚していて――」

「あはははははは」

そこまで言うと、どういうわけか幸太郎さんが突然高笑いをした。あまりにも突拍子もない行動に口をつぐむ。

「相変わらず、茅乃は馬鹿なんだなぁ」

笑いを堪えながら、幸太郎さんが見下した目で私を見てくる。

「宮水に義理立てしているみたいだけれど、あいつは茅乃のことを愛していないよ。宮水海運のトップとして箔付けするために、月ヶ華家の茅乃を選んだ。それだけだ」

「そんなことありません」

決めつける幸太郎さんに抗議する。史章さんが十分に私を愛してくれているのも、月ヶ華の名前で私を妻に選んだわけではないのも、彼の口から聞いて、きちんとわかっている。

しかし幸太郎さんは鼻を鳴らすと、内ポケットから数枚の写真を取り出した。

「ほら。それを見ても同じことが言えるかい？」

畳の上に放り投げられた写真を見て、目を見開く。そこに写っていたのは史章さんと……。

「小野、さん？」

どこからか隠し撮りされたのか、史章さんと小野さんがふたりで並んでどこかの店に入っていく様子や、親しそうに話しながら歩いているところが撮られていた。

写真の日付や服装などからして、つい最近に撮られたものだ。

なんで？　どうして史章さんと小野さんが？

鼓動が一気に加速する。

『何度も連絡して悪いな、麻美』

史章さんが電話をしていたのは、やはり小野さんで、ふたりは仕事ではなく個人的に会っているということ？

「茅乃が知らないところで、宮水と小野はまだつながっているんだ。宮水は家のために茅乃と結婚して、いい夫を演じているかもしれないけれど、本当は茅乃みたいなタイプは大嫌いだろうから」

呆然としている私に幸太郎さんは近づき、腰を落として言い聞かせるように囁く。

幸太郎さんの話が全部事実に聞こえ、ズキズキと胸が痛み出す。頭が回らなくて、なにが正しいのかわからない。

『お前なんて大嫌いだ』

ああ、そうだ。私は彼に嫌われていて――。

『茅乃と結婚できて幸せなんだ』

「家のために結婚したけれど、他に好きな相手がいるのは、この世界ならよくある話だろ？　茅乃だって実際——」

「私は」

ぎゅっと握りこぶしを作り、幸太郎さんの発言を遮る。

「私は史章さんを信じます。小野さんと会っていたのだって、きっと事情があると思います」

唐突な私の宣言に、幸太郎さんは顔を歪め、蔑むような視線を送ってくる。

「馬鹿だな、茅乃は。そんなのだからいいようにされるんだ。宮水は茅乃のことを」

「愛されているって思えます。そう思わせてくれる史章さんだから、信じられるんです。私が史章さんを好きな気持ちは変わりません」

史章さんが本当は小野さんをどう思っていても、どんな関係でも自分の気持ちが揺らぐことはない。幸太郎さんのときみたいに諦めて言っているわけではなく、欲しがるのを怖がっていた私が、初めて自分から手を伸ばした人だから。

「小野さんのことについては、ちゃんと史章さんと話しますのでご心配なく。帰ります。父に話して、ドアを開けてくれませんか？」

やっと体が動き、ゆっくりと立ち上がって、隣に来ていた幸太郎さんに告げる。幸太郎さんは目を丸くした途端、蔑んだ目つきで口角を上げた。

「やっぱり茅乃は馬鹿なんだな。言っておくけれど、茅乃は俺と結婚するんだ。少なくとも宮水とは別れることになる」

あまりにもはっきり言い切る幸太郎さんに、腹立たしさよりも恐怖を感じた。

「なにをする気ですか？」

「明日、月ヶ華家のご令嬢と宮水海運の後継者の結婚式が執り行われる予定だ。政官財の重役たちが多く出席し、各業界からの注目度も高い。けれど、その結婚式に花嫁は現れない」

花嫁って……私？

彼はなにを言っているのか。幸太郎さんは妖しく笑う。

「主役の花嫁が現れないところに、新婦の父がこう言うんだ『娘は元婚約者の鹿島幸太郎と駆け落ちした』ってね。探してみると、ふたりが一緒にいる。結婚式をすっぽかされた新郎はどんな慰めの言葉をもらうだろうね」

おかしそうに幸太郎さんは声をあげるが、逆に私は怒りの感情が湧く。

「そんなこと、させません！」

ようやく幸太郎さんがどうしてここにいるのかが理解できた。けれどひとつ腑に落ちない。

「なんで父はあなたに協力したんですか？」

幸太郎さんに破談にされ、鹿島からのあまりにも非常識な仕打ちに父は激昂していた。月ヶ華製網船具に関しては史章さんに救われたのに、こんな恩を仇で返すような真似をなぜ……。

「なに。ちょっと突っついてみたんだよ。『宮水は月ヶ華製網船具を救うふりをして、いずれあなたを代表、引いては経営陣から追い出すつもりだ』って」

「え？」

もちろん史章さんからそんな話は聞いていない。幸太郎さんの作り話だ。

「喜久子さまに宮水が令月会の参加を認められたのも大きかったんだろうね。元々他人を疑う性分の人だから、茅乃のお父さんもすっかり信じこんじゃって……」

喉を鳴らして笑いを堪える幸太郎さんに、嫌悪感が増していく。

「だから、当初の予定通り茅乃がぼくと結婚すれば、すべて丸く収まると話したんだ。月ヶ華製網船具も今のまま茅乃のお父さんが代表でいられるって。茅乃はぼくが説得すると伝えたら、こうしてふたりになるのを喜んで協力してくれたよ」

つまり、父は自分が社長でいたいがために、幸太郎さんの言いなりになってこんなことをしたんだ。

裏切られた、とは思わない。幸太郎さんと同じ、どこまでいっても父にとって私は娘ではなく自分のための道具なんだ。

わかっていたはずなのに……身内のつながりとして信じていたかすかなものさえ消えてなくなっていく。

泣くほどではない。とにかくこの状況をなんとかしないと。

この部屋は外からしか鍵がかけられない。外の鍵がかかっていたら、中からは出られないのだ。

時間の感覚はないけれど、史章さんはもう帰っているかもしれない。彼が帰ってくるまでに戻ると思っていたので、なにも伝えなかったことを後悔する。

史章さんに心配をかけたくない。早く会って、直接妊娠を伝えるって決めたんだ。

明日の結婚式だって……。

「わかったら茅乃、宮水と別れて、ぼくとの結婚を承諾するんだ。今なら宮水に話す時間を与えてあげるよ。明日、結婚式をすっぽかして、なにも知らない宮水に恥をかかせたくないだろう？」

幸太郎さんはどこまでも上から目線だ。

「なにを言われても、幸太郎さんと結婚はしません」

いつまでも、彼の言うことをおとなしく聞く私ではない。強い口調で拒否をしたら、幸太郎さんはわざとらしく苦笑した。

「どうしたんだい？　茅乃は昔から月ヶ華家のために生きていくと決めていたじゃないか。茅乃が大事なお父さんの望みでもあるんだよ」

幸太郎さんが私に一歩近づいてきたので、距離を取って後ずさる。とにかく、ここを出ないと。

開いていないとわかっているものの私は扉のところに駆け寄った。そんな私を追い詰めるように幸太郎さんもやってくる。

「おいで、茅乃。結婚しよう。茅乃だって宮水と結婚するまでは、ずっとぼくとの結婚を望んでいたじゃないか」

幸太郎さんがここまでするのは、私がまだ彼に未練があると思っているから？　どんな扱いを受けても、ひたすら耐えていたから……。

『……まるで私が、まだ幸太郎さんを想っている言い方ですね』

史章さんにも勘違いされていた。幸太郎さんの代わりに結婚したんだって。

違う、私は――。

「嫌です！　私は史章さんの妻です。私が好きなのは史章さんだけなんです。父や幸太郎さんの事情は関係ありません。私は自分の意思で、史章さんのそばにいるのを望んでいるんです。これからも、ずっと……」

ありったけの大声を出して、主張する。ところが、埃っぽさに咳き込んでしまった。

「茅乃の気持ちなんてどうでもいいんだ」

ゆっくりと幸太郎さんが近づいてくるので、開かないのは承知でドアを開けようと試みる。

お腹の赤ちゃんのためにも、早くここを出ないと。

精いっぱい引いて、念のため押してみたりもしたが、木製の分厚いドアはびくともしない。

どうしよう。このままここに閉じ込められて、明日を迎えることになったら……。

そのときドアの向こうで物音が聞こえる。怖気づいた私は思わず一歩下がった。

「どうやら、茅乃にはお父さんから言ってもらった方がいいのかな？」

この離れの鍵を持っているのは、父だけだ。

父と幸太郎さん、男性ふたりに押さえこまれたら抵抗できない。縛られる可能性もある。

一か八か、父が扉を開けた瞬間、間をすり抜けることを考えた。でも一歩間違って転んだりでもしたら？　捕まらない自信がない。

ガチャガチャと鍵が外れる音がする。心臓がバクバクと音を立て、足がすくみそうになった。

史章さん――。

「茅乃！」

扉が開いた瞬間、名前を呼ばれ、空耳を疑う。だって、そんなはずない。

気がつけば抱きしめられていて、よく知っている腕の感触と温もりに目を瞬かせる。

「無事か？　なにをされた？」

夢でも幻でもない。私を抱きしめて心配そうに声をかけてくるのは、史章さんだった。

「なんで、宮水が？」

力ない幸太郎さんの声がうしろから聞こえる。

「千萱に聞いたんだ。父親とお前がこそこそ連絡を取り合って、なにかよからぬことを考えているって」

父に逆らえないと言っていた千萱だが、父の怪しげな行動を見て見ぬふりはできず、史章さんに伝えたらしい。異母姉の私ではなく史章さんに連絡してきたのが、彼がいかに史章さんを信頼しているのかが伝わる。

「なるほどな？　で、どうする？　殴るか？　宮水海運の次期代表が暴力沙汰なんて」

「俺は殴らないさ」

挑発的な言い方をする幸太郎さんを、史章さんは軽く躱した。

「幸太郎！」

そのとき耳をつんざく怒号が聞こえる。びくりと体が震えた私を庇うように史章さんは抱きしめる。

「まったく、お前は……他人様に迷惑をかけて、どうしてそうなんだ！」

どうやら現れたのは幸太郎さんのお父さまらしい。私も何度かお会いしたことがあるが、普段の温厚な感じからは想像もつかないほどの剣幕だ。

「父さん」

弱々しい声と共にぱんっと乾いた音が響く。おそらく幸太郎さんのお父さまが、幸太郎さんの頬を叩いたのだろう。

「妻の前で暴力はやめてください。やるならご自宅でどうぞ。この件はしかるべきところを通しますので、そのつもりで。今日はお引き取りください」

史章さんの凛とした声に、沈黙が訪れる。ちらりを見ると、幸太郎さんは項垂れ、彼のお父さまは深々と頭を下げていた。

なんともいえない気持ちになったが、史章さんに促され、私たちは先に離れの外に出る。

「なにをされた？　どこか痛むところは？」

頬に触れながら、確かめるように問われる。切羽詰まった様子の史章さんに、心配をかけたのだと胸が痛くなった。

「大、丈夫です。ごめんなさい」

「茅乃が謝る必要はない」

史章さんに会ったら、妊娠のことを伝えようと思っていたのに、それよりも先に安堵感で涙が溢れ出す。史章さんは私が落ち着くまで優しく抱きしめてくれていた。

「とりあえず帰ろう」

「あ、でも父は……」

どうしているのだろうか。少なくとも史章さんが鍵を持っていたということは、父とのやりとりがなにかあったのだろうか。

たくさんの疑問が浮かぶが、史章さんは曖昧に笑った。

「きちんと対応しているから心配しなくていい。けれどこの先、茅乃の気持ちを優先してやりたいが、俺は鹿島も、できればお前の父親も……もう二度と茅乃に近づけさせたくない」

覚悟を問われている気がした。幸太郎さんならともかく、今までの私なら父との関係は迷ったかもしれない。でも今、迷いはない。

「はい。私も、もう父を父とは思いません」

史章さんの目を見て真っ直ぐに答える。私の決意を聞いて史章さんは慰めるようにそっと頭を撫でた。

「そう思っているのは茅乃だけじゃないさ」

「え?」

どういうことなのかと聞こうとしたが、とりあえず家の敷地内に停めてあった史章さんの車に乗り込む。

助手席に座った瞬間、安心して長くため息をついた。

「大丈夫か?」

「はい。元々実家に行くために気を張っていたので、なんだかホッとしました。史章さんのそばが一番落ち着くんです」

最初は緊張しかなかったのに。今では私の帰る場所は間違いなくあのマンションで、史章さんのそばだと言える。

「俺も茅乃の顔を見て、やっと帰って来られたと思う」

エンジンをかけた史章さんがこちらに向いた。そっと頬に手を伸ばされ、促されるように身を乗り出し、キスを交わす。久しぶりの温もりに目の奥が熱くなる。

名残惜しく離れ、史章さんは前を向いた。

「あ、史章さん。念のために病院に行ってほしいです」

「どうした?」

間髪を容れずに返され、どう説明すべきか悩む。

「実は、あの離れに運ばれる前に、実家で出されたお茶に睡眠薬のようなものが入っていたみたいで」

おずおずと告げると、史章さんの目が開かれる。

「大丈夫なのか? 気分は?」

「だ、大丈夫です。もう眠たくもないし、とくに薬が残っている感じもしません」

史章さんの慌てぶりを見ると、次の言葉を迷ってしまう。

「ただ……」

「ただ？」

言いよどむ私に、史章さんは鋭く先を促す。

怒っているのではなく、心配しているのはわかるのだが、そうなるとこれを伝えたら彼はどうなってしまうのか。

「お腹の赤ちゃんに、どう影響しているかわからないので」

たどたどしくも直球の理由を述べる。史章さんは瞬きひとつせず硬直していた。

「その……妊娠、したみたいです」

伝わらなかったのかと思い、言い直す。この言い知れぬ恥ずかしさはなんなのか。

さすがに沈黙が居た堪れなくなり、なにか言ってください、と言おうとしたそのときだった。史章さんに体を抱き寄せられる。

「いつ、わかったんだ？」

小さく問いかけられ慌ててフォローする。

「あの、実は昨日わかったばかりなんです。検査薬を試したら陽性で……。一応、病院への予約は月曜日に入れたんですけれど……史章さんには直接言いたかったんです」

本当はマンションで彼を出迎えてから、驚かせるつもりだった。まさかこんな出来事に巻き込まれるとは。

「もっと早く、茅乃を見つけ出すべきだったな」

「いいえ！　十分ですよ！」

史章さんの言い方には後悔が滲んでいた。否定すると史章さんは腕の力を緩め、私としっかり目線を合わせてくる。

「でも、茅乃は子どもの分も一緒に戦っていたんだろ？」

彼の言葉に、涙がこぼれそうになる。なんとかしようと諦める気持ちはなかったが、あのまま閉じ込められて、なにかあったらと思うと恐怖で身がすくむ。

「はい。正直、自分よりもお腹の赤ちゃんの無事ばかり考えていました。でも逆にひとりじゃないから……。史章さんのところに絶対に帰るんだって気持ちで頑張れたんです」

幸太郎さんや父の言うことは絶対で、傷ついたりしないために彼らには逆らない方がいいと従順な態度をとっていた。

でも史章さんと結婚して、自分よりも守りたくて大切な存在ができた。

「史章さん、嬉しいですか？」

もちろん、子どもを授かったことだ。

「ああ。嬉しいよ」

ためらいなく答えた彼に、さらに踏み込む。

「男の子じゃなくても……ですか？」

自分の経験を重ねて尋ねる。宮水海運の代表としては、やはり後継者という点では自然と男児を望むのかもしれない。私も男だったら、父に愛されてのかな。

「もちろん。性別は関係ない。茅乃との子どもなら、男でも女でもきっとなによりも愛おしい」

彼の言葉に安堵して、堪えていた涙がこぼれる。

「茅乃も、お腹の子も、俺がずっと守っていく。だから、これからもそばにいてほしいんだ」

「はい」

まるでプロポーズみたい。違う。もう何度も、史章さんは私だけを求めてくれていたんだ。

病院の予約は月曜日だったが、事情を話して診てもらえることになった。史章さんは幸太郎さんのお父さまに電話し、幸太郎さんが私に飲ませた薬の名称と量を聞き出した。それを医師に伝えると、不眠症の妊婦にも処方されるものでとくに心配ないだろうと言われ、胸を撫で下ろす。

超音波検査もしてもらい、胎児の心音を聞いたとき、言い知れない感動に包まれ言葉が出なかった。それは史章さんも同じだったらしい。

たまたま付き添う形になったが、これからもタイミングが合えば病院に付き添うと史章さんは張り切ってくれて、これからの妊娠生活の不安が少しだけ和らいだ。

マンションに着き玄関で靴を脱いでから、私はもうひとつだけ気になっていた点を史章さんに切り出す。

「史章さんは、元婚約者の小野麻美さんと連絡を取り合ってふたりで会っているんですか？」

私の問いかけに史章さんは虚を衝かれた顔になった。続けて、口元に手をやり視線を逸らす。

「それは……」

あからさまに動揺している史章さんに、私は畳みかけていく。

「幸太郎さんに、史章さんと小野さんが親しげにふたりで歩いて、どこかのお店に入るところなどの写真を何枚か見せられたんです」

もう知らないふりをするのも、勝手に思い込んで自分を納得させるのも嫌だ。きちんと史章さんと向き合っていきたい。

けれど彼の交友関係にまで口を出すのはどうなのか。

「す、すみません。小野さんは史章さんの元婚約者ですし、特別な存在ですよね」

あ、こんな嫌味っぽい言い方はよくない。

わかっているのに、つい不安が棘になってしまった。後悔していると、正面から抱きしめられる。

「違う。不安にさせて悪かった」

彼の声には必死さが込められていて、それだけで許してしまいそうになる。

「誤解を恐れずに言うなら、最近、茅乃に隠れて麻美と連絡を取り合っていたし、ふたりで会ったりもした」

ところが、あまりにもあっさりとふたりで会っていたのを告白され、目が点になる。

それは、どういう意味で会っていたのか。やはりお互いに元婚約者として忘れられない存在として？

不安が広がりそうになったところで、史章さんが抱きしめている腕の力を緩め、私の肩を抱いた。

「説明するより、見せた方が早いな。ちょうど今日の昼に来たんだ」

一体なんの話なのか？　混乱しつつ史章さんに促される。彼が向かったのは、引っ越し当初、なにも置いていなかった防音室だった。

引っ越したときに一通りの部屋を見て確認させてもらって以来、ここに足を運んだことはない。

「え……」

電気をつけ、部屋の中心にあるものを見て驚く。

真ん中に鎮座していたのはピアノだ。よく見かける黒のピアノではなく、白いピアノで、私はおもむろにそちらに近づいた。

『お母さま、ピアノ弾いて！』

記憶の中のなにかとつながり、首を横に振る。

そんなこと……あるわけない。

けれど鍵盤蓋のところに並んだ文字に目を瞠る。

【KANANO】金色で掘られたローマ字で確信する。かなの――月ヶ華奏乃《かなの》。このグランドピアノは母のものだ。

「どう、して……」

「処分とはいえ立派なものだろうから、売りに出されたと踏んだんだ。そうなると誰かが持っている可能性が高い」

史章さんを見ると、彼さんは気まずそうに説明を続ける。

「麻美の知り合いが、中古のピアノの修理や販売を取り扱っている会社をしていて、そこからなんとか今の持ち主が探せないか調べてもらっていたんだ」

調べる、といっても母のピアノを父が手放したのは十五年ほど前になる。そのときの売買記録も完全に残っていたとは思えない。これを探し出すのは並大抵のことではなかったはずだ。

「麻美に協力してもらったが、本当にそれだけの関係なんだ。元々、婚約していたけれどお互いに恋愛感情を抱いたことさえ一度もない」

史章さんが嘘をついているとは思えない。

「だったらなんで……最初から小野さんとの関係を言ってくれなかったんですか」

責めるつもりはないのに、つい唇を尖らせる。やましいことがないなら尚更、小野さんと会っていると言ってくれてもよかったのに。

けれど本当はわかっている。責めるべき相手は史章さんではなく私自身だ。史章さんを信じる一方で、小野さんとの電話や幸太郎さんから見せられた写真で、わずかとはいえふたりの仲を疑ってしまっていた。史章さんを信じ切れずにいた自分が情けない。

「悪かった。茅乃に言わなかったのは、中途半端にお母さんのピアノを探していると期待させて、見つからなかったときに余計に傷つけるんじゃないかと思ったからなんだ」

言わなかった理由さえ、私を気遣ってのもので、涙がこぼれる。

「史章さん、優しすぎます」

仕事が大変なのに、その合間に母のピアノを探すためにあちこちに出かけて、話を聞いて……。これを持っていた人にたどり着くまで、どれほどの労力がかかったのか。どうやって譲ってもらったの？

たくさんの疑問が湧くが、今は後回しだ。母のピアノが返ってきたことはもちろん、史章さんの気持ちがなによりも嬉しい。

「ありがとうございます。本当に、本当に嬉しいです」

笑顔を向け、改めて史章さんの目をしっかり見つめる。

「このお礼は、なんらかの形で必ずしますから」

もちろん小野さんにも。とはいえこれほどのことをしてもらって、私は史章さんのためになにを返せるかな？

「もうもらった」

「へ？」

悶々と考えていたら、史章さんが微笑んでくれた。

「俺は、そうやって茅乃にずっと笑ってほしかったんだ」

嬉しそうで幸せそう。それは私のセリフだ。私も、史章さんにずっと笑ってほしかった。

やっと私、手に入れられたんだ。幸せを噛みしめて史章さんに抱きつく。

このピアノでなにを一番に弾いてみようか。悩む必要も選択肢もなかった。

エピローグ

ぐずついた天気がここ数日続いたが、今日は見事に晴れ上がっている。

六月最終週の日曜日、私は結婚式当日を迎えていた。

神前式を終え、ブライズルームで白無垢からウエディングドレスに着替える。

雨が降らなかったのはよかったが、逆に暑いくらいで、やってきた参列者たちは大丈夫だろうかと気が気ではなかった。

次はホテルの大きなホールを会場にして、披露宴となる。

「茅乃」

名前を呼ばれドアの方を見ると、黒留袖を着た祖母の姿があった。

「残念だけれど披露宴は欠席するから顔を見せに来たの。いいお式でした」

「ありがとうございます」

祖母の表情は、心なしかいつもよりも優しく晴れやかに感じる。

「守男のこと、ごめんなさいね」

しかし、父のことを切り出した祖母の顔は、どこか悲しそうだ。

私はなにも言えない。昨日の父と幸太郎さんの企ては、両家の知るところとなり、当然、祖母の耳にも入ることになった。

幾人かの進言があり、今までの父の振る舞いや評判などを加味した結果、父は令月会への出入りが禁止となった。

つまり事実上、月ヶ華家を除籍となり、一族との付き合いが認められない立場となったのだ。

今後も父は月ヶ華を名乗るが、こうした情報はすぐに回る。月ヶ華家だから付き合っていたという人間は離れていくだろう。

父に人望があればいざ知らず、あの性格ではなかなか手を伸ばしてくれる存在もいないかもしれない。今日の結婚式にも父の姿はなかったが、寂しさはない。

祖母にとって父は息子ではあるが、当主として公平な判断をし、息子を息子として見るのをやめたのだ。

『そう思っているのは茅乃だけじゃないさ』

父を父と思わないと告げたとき、史章さんが返したのはおそらくおばあさまのことだったのだろう。

一方、幸太郎さんは彼のお父さまから勘当を言い渡され、鹿島造船の跡を継ぐどころか、鹿島造船とも実家との縁も切られてしまったらしい。

これから彼はどうするつもりなのか。なにかしら情報は入ってくるかもしれないが、自分から知ろうとは思わない。

「おばあさま、私は大丈夫です」

祖母の目を見て、私はしっかりと答えた。

「父のことは残念ですが、史章さんと結婚して私は彼と家族になったんです。寂しくて泣いているだけの——自分を押し殺してひとりで自分を守っていた私はもういません」

祖母の決断は間違っていない。私も前を向いていく。

「そうね、あなたは奏乃さんの……久石家の娘でもあるんですから」

突然の母の名前に、目を丸くする。祖母は静かに微笑んだ。

「正確な資料があるわけではないけれど、久石家の助けがあって、月ヶ華家は今の地位があると祖父に聞かされたことがあるの。子孫である祖父が改めて久石家にお礼に伺ったら『それは祖先がしたことで、今の自分たちはなにもしていないから、お礼もかしこまる必要もない』って言ったそうよ」

母方の祖父も、そんなことを言いそうだ。それから両家の付き合いは始まったそうだが、久石家の家柄などからそれをよく思わない人もいたらしい。

父もそういう人間だったのだ。

「私は、おばあさまの孫であり、母の娘であることを誇りに思っています」

家柄や家格ではなく、大好きで尊敬している祖母や母とのつながりだからだ。それは形を変えて、受け継がれていく。

「あなた、幸せそうね」

「はい。幸せです」

そっと腹部に触れ、笑顔で答える。すると祖母はふっと表情を緩めた。

「また会えるのを楽しみにしているわ。体を大事にしなさいね」

「はい」

史章さんによろしく伝えておいてほしいと言い残し、祖母は去っていった。

「新婦さま、そろそろ移動をお願いします」

入れ替わりで入ってきたスタッフに促され、私は支えられながら立ち上がり、ゆっくりと移動する。

意外と和装よりドレスの方が重いかも。

ドアの前まで行くと、先に待機していた史章さんの姿が目に入る。

シルバーの光沢のあるタキシードに髪はワックスでいつもよりもきっちり固められている。彼の端整な顔立ちがより引き立ち、モデルだと言われても納得してしまいそうだ。

「お待たせしました」

「茅乃、体調は大丈夫か？」

ドキドキしてそばに寄ると、本日何度目かの質問に、私はつい噴き出してしまった。

「笑わなくていいだろ」

そう。聞いている史章さんは至って真面目なのだ。

史章さんと話して、妊娠はもう少し経ってから周りに伝えるという意見でまとまり、今この会場で私の妊娠を知っているのは史章さんだけなのだ。

幸い、選んでいたウエディングドレスはウエストがそこまで絞るものではなく、ふわふわのプリンセスラインがとても可愛らしい。

私の好きな花で作ってもらったブーケを持ち、史章さんの隣に並ぶ。

「史章さんの妻として粗相がないよう、精いっぱい頑張りますね」

気合いを入れて微笑みかけると、史章さんはあきれた顔になる。

「その必要はない。気を張りすぎて、転ばれたら洒落にならないからな」

「それは……気をつけます」

いつもならすかさず否定するところだけれど、今日はおとなしく忠告を受け入れる。口にして、なんだか妙に緊張してくる。

そのとき史章さんの手が腰に回され、至近距離で彼と目が合った。

「茅乃は笑っていたらいいんだ。俺の隣で幸せだって顔をして。それで十分だ」

彼の言葉に胸が温かくなる。幸せで満たされるというのはこういうことなんだと、史章さんが教えてくれた。

「そうですね。史章さんの隣にいられるのが私のなによりの幸せで、ずっと望んでいたものですから」

大嫌いだと言われて自覚した恋心が、こんな形で叶うとは思ってもみなかった。それも史章さんが私をけっして諦めずにいてくれたからなんだ。

だから、これからは私も諦めない。なにがあっても史章さんの隣に立っていられるように強くなる。

彼の手がそっと腹部に触れ、その手の甲に自分の手を重ねた。

おそろいの指輪が光り、顔を見合わせ笑顔になる。どうやら、さらに幸せは増えるらしい。

母も私を授かったとき、こんな気持ちだったのだろうか。聞けないけれど、そうだったと信じたい。

もうすぐ会場への扉が開く。史章さんと共に踏み出す未来に、私は胸を高鳴らせた。

Fin.

番外編　欲しくて愛しくて譲れない君を―史章Side―

彼女に出会わなければ、俺は今頃どんな人生を送っていただろうか。

容易に想像できそうで、意外と難しい。それは今、目の前にある現実とあまりにもかけ離れているからだ。少なくとも今よりもっと退屈で投げやりな気持ちだっただろう。彼女に出会うまでそうだったように――。

初めて茅乃と会ったときのことは今でもはっきり覚えている。

※　※　※

昔から俺は宮水財閥――メイン事業の宮水海運の跡継ぎの弟として育てられた。長男が跡を継ぐという暗黙の了解は昔から受け継がれ、父は兄に対し厳しくも期待し、目をかけた。その差は、幼いながらにずっと感じていた。
愛情不足とは思わない。現に、母は平等に俺たち兄弟を育ててくれたし、俺自身、父に対して思うところはあるものの、兄に対してわだかまりはなかった。

兄との扱いの差を、どうして？なんで？と思う気持ちは〝宮水海運を継ぐのは兄だからしょうがない〟と言い聞かせすべてを納得してきた。

宮水財閥がどのような事業に携わっているのか、宮水海運の業績や海運業の今後の展望など俺が興味を持ったところでしょうがない。

自分の恵まれた環境に感謝して、淡々と与えられたものをこなしていけばいい。俺に望まれているのはそれだけだ。

高校に入学し無難に過ごし、ついに三年生になった。

けれどもまだ、はっきりと大学の進路が決められない。正確には、自分の中にある葛藤にきちんと折り合いをつけられていないのだ。

いい加減、諦めろ。俺にできるのはせいぜい跡継ぎとなる兄の補佐くらいだ。

そうやって悶々とする想いを無意識に抱え、昼休みは極力ひとりで静かに過ごしたい俺の願望を叶えるのに、第三音楽室はちょうどよかった。メインで使われておらず、部活の練習などで人が来ることもない。

経営学や海運業の本を読みつつ、適当に過ごす。そんなある日のことだった。

寝そべって読みかけの本のページをめくっていると、部屋に誰かが入って来た。気配を感じ、面倒なのでそのまま息を殺しておく。

すると、しばらくして聞こえてきたのは、たどたどしいピアノのメロディーだった。リズムもめちゃくちゃで滑らかさなど微塵もない。まるで子どもの演奏だ。

それでも聞こえてきたのは、ブラームスの子守歌だと気づく。

ぎこちないながらも、記憶を辿るようにして必死に弾いているのが伝わってくる。こんな場所で誰が、弾いているのか。

「へたくそ」

つい声をあげると、ピアノの演奏はピタリと止んだ。ゆっくりと体を起こすと見慣れない女子生徒と目が合う。

彼女はまるで悪いことがバレたような表情をしていた。おかげでつい皮肉めいた言い方をしてしまう。

「子守歌で起こされるなんて笑い種だな」

趣味や習い事の練習なら家ですればいい。しかし彼女は目を丸くさせている。

「この曲、知っているんですか？」

意外そうに返されたあと、彼女はぽつぽつと事情を語り出した。

なんでも母親が幼い頃によく弾いてくれていた曲らしい。母親に習わなかったのかと思ったが、その前に母親は亡くなり、ピアノももう家にはないと彼女は話す。

「久しぶりにピアノに触れられてよかったです。突然現れてすみません。失礼します」

「おい」

笑顔でこの場を去ろうとする彼女を、どういうわけか呼び止める。不思議そうにこちらを向いた彼女に俺はなにを言うつもりなのか。

自分でも戸惑っていると、そこにもうひとり現れた。

「あれ、宮水？」

やつの顔を見た瞬間、不快さが顔に出る。鹿島幸太郎――鹿島造船の跡継ぎで、にこやかな笑顔とは裏腹に、常に周りを見下している。しかしクラスメートでもあり会社同士のつながりもあるので、無下にはせず適当に付き合っている。

「茅乃、彼は宮水財閥の宮水史章。次男だから正統な後継者じゃないけどね」

いちいち嫌味な言い方をするのは、自分は正統な後継者である優越感からか。すぐさま鹿島はこちらに笑顔を向けた。

「宮水。彼女は月ヶ華茅乃。家柄だけならぼくたちの比じゃない、あの月ヶ華家の令嬢だよ。……ぼくの婚約者なんだ」

そこで彼女の名前を知る。月ヶ華家は誰もが知る名家だ。なるほど、彼女は鹿島の婚約者らしい。興味もなければ自分にとってどうでもいい話だ。

「プロになるわけでもあるまいし、時間と労力の無駄だよ」

ところが、ピアノを弾いた彼女に対し、鹿島の言い分に眉を釣り上げる。

この男はなにを言っているのか。プロになれないなら無駄？

なら、お前が好きでやっていることすべてプロ級のものなのか。

自分が言われたわけでもないのに苛立ちが隠せない。それは、かつてピアノを習っていた俺に言われた気がしたからだ。

幼い頃、兄が始めたピアノを俺も同じように習わされた。俺はすぐにピアノに夢中になり、懸命に練習をした。もっと上手くなりたくてピアノに向かう日々。

しかしそんな日々も、兄がピアノをやめると言い出し、突然終わりを告げられた。

『裕章がしないものを、次男であるお前が続けてなんになるんだ？　無駄なことに時間を使うな』

父の基準はすべて兄で、なににおいても弟が兄を越えることは許されない。宮水海運の跡継ぎは兄で、あらゆる分野で兄は誰よりも優秀でなくてはならなかった。

兄自身、いろいろ思うところもあっただろうが、それを慮る余裕など当時の俺にない。大好きだったピアノを取り上げられ、絶望する日々。しかし、母が気にかけてこっそりピアノに触らせてくれた。

「はい」

けれども彼女は、鹿島の言い分に反論もせず素直に答える。それからふたりは部屋を出ていき、俺はため息をついた。

鹿島の家柄なら婚約者がいても不思議じゃない。現に自分にも決められた相手がいる。お互いの気持ちなんて関係ない。

彼女もそうなのか。少なくとも鹿島は彼女に対して気持ちはないのだろう。あいつの普段の振る舞いを見ていると、とても婚約者がいるようには思えない。

関係ないと思いつつ、どうして彼女のことばかり考えてしまうのか。ただ、最後に鹿島に頷いた彼女の寂しそうな声が、やけに耳に残っていた。

それから茅乃は連日、昼休みは北校舎裏のベンチに腰を掛けて鹿島を待っていた。鹿島なら昼休みが始まるや否や、別の女子とさっさとどこかに行っていた。

茅乃はなにも知らないのか。背筋をピンッと伸ばしてひとり過ごしている彼女のうしろ姿がなんともいじらしく感じる。これは同情なのか。

「とにかく、どんなときでも美味しいものを食べて元気を出さないとね！」

「おい」

自分を奮い立たせている茅乃に声をかけると、彼女は目を丸くしてこちらに振り向いた。

そのまま彼女にここでピアノの練習をするように勧める。

どうせ鹿島は来ないだろう。彼女の気持ちが向かなければ、それでもかまわない。ただ、好きだったのにピアノを諦めた茅乃の姿が、幼い頃の自分と重なった。きっかけはそんなところだ。


口先だけだと思っていたが、茅乃は毎日第三音楽室に現れ、真面目にピアノを練習した。厳しい言葉を投げかけても、素直に受け取り、改善しようと努力する。

正直、意外だった。もっと早くに音を上げるかと思っていたのが本音だ。

社長令嬢や名家のお嬢さまというのは無駄にプライドが高くて、教えを乞う人間を選ぶものだと思っていたが、茅乃は違った。

素直で朗らかで、それでいて品がある。少しずつ彼女との会話が増えていったある日、宮水の跡継ぎについての話題となり、彼女の口から意外な言葉が飛び出す。

「そうではなくて、宮水先輩のお気持ちは？　跡を継ぎたいという想いはあるのでしょうか？」

聞かれたことがない問いかけに一瞬間が空き、すぐに不快感でいっぱいになる。彼女はなにを言っているんだ？

「俺の意思も気持ちも関係ない。長男が継ぐのが当たり前なんだ。例外はない」

それが当然で暗黙の了解だ。父も周りも跡継ぎは兄しかいないと思っている。茅乃だって……月ヶ華だって同じだろう。

苛立ちを隠せずにいる俺に対し、茅乃は真っ直ぐに俺を見つめてくる。

「けれど、自分の気持ちを大事にできるのは自分だけです。言葉にできるのも伝えるのも、本人にしかできないから、わかってほしい人にはちゃんと言った方がいいと思い……ます」

綺麗事だといつもなら一蹴していただろう。話してなんになる？　結果は変わらない。

それでも彼女は自分の気持ちを大事にしている。かえって傷つくだけかもしれないとわかっていながら、自分の意思を伝える努力をしていた。

俺は、どうなんだ……？

ピアノをやめさせられたときも、どうしてだと父を責めたが、続けたいという意思ははっきり示さなかった。跡継ぎの件だって……。

そんな簡単な話じゃない。けれど決めつけて最初から諦めることを覚えた俺と、彼女は違う。現に茅乃はチャンスがあれば母親との思い出の曲を弾けるようになりたいと今も努力している。

しょげている茅乃は余計なことを言ったと後悔しているようだった。

「でも悪くない。一応、心に留めておく」

彼女の言葉で自分の中のなにかが変わった。少しだけ心が揺らいだ。

ピアノを教わるお礼にと茅乃が弁当を作ってくるようになり、以前よりふたりで過ごす時間も会話も増えていった。それが嫌だと思わず、むしろ彼女のそばが心地よく感じる。

婚約者でさえ、こんなふうに思ったことはない。

ころころ変わる茅乃の表情は見ていて飽きないし、嬉しそうに彼女が笑うと、心が温かくなる。けれど茅乃がチラチラと窓の外を見て鹿島を気にする素振りを見せると、胸がざわつく。

『昔からとろくて父親からも虐げられているから、たまに優しくしてあげるとすごく喜ぶんだ。月ヶ華のお嬢さまが、犬みたいだろ？』

鹿島がクラスで彼女を馬鹿にしたように話すたびに、嫌悪感が募った。

この感情はなんなんだ？　婚約者といいながら鹿島の本性も知らず、ただ親や家のために婚約者に尽くしている茅乃を、憐れに思っているのか？

わからない。けれどひとつはっきりしているのは、茅乃にとっては俺よりも鹿島が一番なんだ。

当然と言えば当然なのに、苛立ちが止められない。だから、彼女にもわかる形で鹿島の本音を暴露させる。

「茅乃みたいな真面目で地味な面白みのない女だけに尽くせるか？　冗談じゃない。俺は宮水みたいに婚約者に一途にはなれないんだ」

きっと彼女は耳を塞ぎたくなったに違いない。信じていた婚約者の本音や裏切りなど知りたくなかっただろう。

「忙しいだけが理由なわけないだろ。連絡のひとつも寄越さず、放置されて……あまつさえ他の女と親しくしている。ないがしろにされているんだよ、お前は」

鹿島は茅乃が想いを寄せて、一途に大事にするような相手じゃない。事実を知った彼女は泣くだろうか。裏切られたと傷つくかもしれない。

けれど——。

「わかっています。幸太郎さんが私と結婚する目的も、彼の気持ちが私にないことも、全部知っています」

ところが茅乃はきっぱりと言い切った。声を震わせているが、嘘はない。虚を衝かれながらも、俺は茅乃に尋ねる。

「わかったうえで、家のためにあんなやつと結婚するのか？」

なんで、そこまでして鹿島に尽くせるのか。政略結婚が悪いとは思わない。けれど最初から相手に誠意を見せない男と結婚するなんて馬鹿なのか？

どうして茅乃がそこまでして——。

「大、丈夫です。幸太郎さんが私と結婚してくださるつもりなら……相手の方がどんなつもりでも、私と結婚してよかったって思ってもらえるように頑張ります」

ああ、そうだ。茅乃は相手になにかを求めない。いつだって自分の気持ちを大事にして乗り越えようとする。

なんで、どうしてなんだ？

衝動的に彼女の腕を掴んで自分の方に引き寄せると、強引に口づけた。

「お前なんて大嫌いだ」

叶わない、敵わない。苦しくて、腹立たしくて、それなのにこんなにも愛おしい。

どうしたって自分のものにならないんだ。

彼女を傷つけた自覚はある。我ながら最低なことをした。きっと顔も見たくないだろう。

所詮は手の届かない存在だったんだ。相手は月ヶ華の令嬢だ。

もう二度と彼女と関わるつもりはないと思う一方で、俺は改めて父親や兄に自分の想いを伝えた。

宮水海運の事業に興味があること、優秀さなら兄に負けるつもりもないということ。

茅乃に言われて気づいた。諦めて折り合いをつけるのは、自分の想いをしっかりぶつけてからでも遅くはない。

父親は驚いた顔を見せ、そのタイミングで兄が実はエネルギー産業に興味があってそちらの事業に携わりたい旨などを告げてきた。

一筋縄ではいかず、けれど何度も話し合いと説得を重ねる。

結果、兄は自分の道を、そして俺は父の示す進路を進み、都度結果を出すのを条件として、宮水海運の後継者となった。

ひたすら自分を追い込む日々。けれど苦痛ではなかった。なにかに必死になるのは久しぶりで、それが欲しかったもののためなら頑張れる。

こんな未来を誰が想像していたのか。そんな中、ふと立ち止まって考えるのは茅乃のことばかりだ。

彼女の言葉で自分の気持ちに向き合えた。相手にきちんと伝えようと思えた。

いいのか悪いのか、鹿島との縁は家同士の付き合いもあり高校や大学を卒業しても続いていて、やつは相変わらずだった。茅乃と婚約しているはずなのに、平気で違う女と付き合う。

「鹿島くん、婚約者いるんでしょ？　しかもすごい名家のお嬢さまだって」

「名前だけ立派で、中身はたいしたことないよ。親同士が決めた縁談で、向こうもうちと結婚しないと会社がつぶれるから必死なんだ。なにをしたって文句は言わないさ」

悪びれもせず罪悪感の欠片もない。嫌悪感で吐き気がする。

茅乃はすべてわかっていると言っていた。

それでもこんな男でいいのか？　父親に言われたから？　父親の会社のために？

それなら全部、俺が叶えてやるのに――。

『けれど、自分の気持ちを大事にできるのは自分だけです。言葉にできるのも伝えるのも、本人にしかできないから、わかってほしい人にはちゃんと言った方がいいと思い……ます』

不意に彼女の言葉が頭をよぎる。俺はまた、勝手に決めつけて諦めていた。俺はどうしたいんだ？

諦められない。譲れない。俺ならもっと彼女を大事にする。

「宮水、久しぶり。聞いたよ。お兄さんが宮水海運の跡を継がないからってお前が後継者になるんだって？　お前は運がいいな。いや、悪いのか？　婚約者には振られたんだろ？」

年明けの月末、遅くなった新年の挨拶にやってきた鹿島に久しぶりに会った。笑顔で告げつつ毒を孕んだ嫌味っぽい言い方は昔からだ。

俺が運だけで今の立場になっていると本気で思っているのか。けれどいちいち反論するのも面倒だ。小野麻美との婚約解消の件も。

元々彼女とはお互いに友人以上の感情は抱けずにいたが、茅乃への気持ちを自覚して、俺は正直に自分の想いを彼女に伝えた。すると実は麻美にも前から結婚したいと思っている相手が別にいると伝えられ、互いに婚約を解消する運びとなった。

今でも友人関係は続いている円満なものだ。

『だって、史章、変わったもの。全部つまらなさそうに諦めた顔して毎日を過ごしていたのに、高三のときにお父さまに自分の気持ちをきちんと伝えて、しっかりぶつかって……。変わるきっかけが、変わる出会いがあったんでしょ？』

『……ああ』

指摘され素直に頷く。茅乃と過ごした時間は長くない。けれど彼女にもらったものは、どこまでも大きい。

全部、今さらかもしれない。彼女は俺を嫌っているし、会いたくないかもしれない。けれど少なくとも鹿島よりもずっと大切にするし、裏切る真似はしない。

俺は鹿島を真っ直ぐに見つめ、自分の気持ちを宣言しようとする。

「鹿島、俺は――」

「あ、そうそう。俺、結婚するんだ。八坂鋼鉄の社長の姪なんだけれどね」

出鼻を挫かれる、そんな可愛いものではなく頭を殴られたような衝撃を受ける。しかし鹿島は笑顔で饒舌に続けていく。

「子どもができたんだ。うちの父親はすごく反対していたけれど、跡継ぎもできてちようどいいじゃないかって説得したよ」

「お前……婚約者がいただろ」

抑揚なく静かに尋ねる俺に、鹿島はつまらなさそうな顔をした。

「ああ、茅乃？　別に俺は彼女と結婚しなくても困らないんだ。本当は今日、改めて両家で顔合わせをして結納をする予定だったんだけれど、面倒ですっぽかした。父がなんとかするさ」

平然と告げる様子に、うしろめたさはまったくない。普通ならありえない仕打ちだ。

鹿島から婚約破棄を申し出られた茅乃は今、なにを思っているのか。傷ついているのか、それとも――。

「かわいそうなら、宮水が拾ってあげなよ。月ヶ華にはこちらの事情をまだ話していないから、今頃幸月楼で俺が来るのを今か今かと待ちわびているんじゃないか？　あの月ヶ華が一張羅で待ちぼうけを食らうなんて滑稽じゃないか」

小馬鹿にした言い方をする鹿島の胸ぐらを反射的に掴みそうになった。しかしそれをすんでのところで抑える。

「そうだな。なら遠慮なくいただいてく」

俺の切り返しに鹿島は目を瞠る。言ってやりたいことは山ほどあるが、この男はどうでもいい。

「お前に彼女はもったいない」

そう言って踵を返す。

高校のときと同じで、茅乃はきっと鹿島が来るのを待っている。裏切られても、傷ついても、全部受け入れて。

でも、それが本当に茅乃の望みなのか？　嬉しそうにピアノを弾いていた顔で結婚生活を過ごせるのか？

「彼女との結婚を希望します。そのために今日ここに来ました」

呆然とする茅乃と彼女の父親に宣言する。娘に平気で手を上げる父親に嫌悪感を募らせながら、こちらが優位だと示すように淡々と説得した。

「結婚を認めてくださるなら、月ヶ華製網船具に対して宮水海運が資本提携させていただきますが」

娘を鹿島に嫁がせたかったのは鹿島造船からの援助を期待してのことだととっくにわかっている。だから鹿島もあんな強気な態度をとっていた。

でも俺は、あいつとは違う。誰よりも茅乃を大事にするし、彼女の家柄は正直、どうでもいい。けれど、やっと認められて釣り合うところまできた。

宮水海運の跡継ぎになりたかったのは自分の意思だ。ただ、厳しい道のりの中で、茅乃の相手として申し分のない立場になりたい気持ちもあった。

茅乃が欲しくて、ずっと恋焦がれていた。忘れられなかったんだ。

※　※　※

目が開けてゆっくりと上半身を起こすと、慣れ親しんだリビングが視界に映る。どうやらソファで寝てしまったらしい。

昨日は遅くまで仕事をしていたからだろう。結婚してからは極力家で仕事をしないように心がけているが難しいときもある。

ため息をついて立ち上がった。

『あの……私たち、夫婦にはなりましたけれど……。その、愛し合って結婚したわけじゃないですし……キスはしなくていいと思います』

ふと、茅乃に告げられたのを思い出す。新婚初夜にして彼女から放たれた言葉は、なかなか強烈だった。

やはり鹿島が忘れられないのか。あんな男でも、茅乃はずっと一途に慕い続けてきた。鹿島なら受け入れたのか。彼女の気持ちはまったく俺にはない。

でも、茅乃は俺のものになったんだ。誰にも譲るつもりはない。

『……相手の方がどんなつもりでも、私と結婚してよかったって思ってもらえるように頑張ります』

それは俺のセリフだ。少しでも茅乃に俺と結婚してよかったと思ってもらいたい。

持っているものや言動から、なんとなく茅乃の好みは予想できた。だから彼女が好きそうな内装の部屋を用意して、もうすぐ訪れる誕生日もきちんと祝うつもりでいた。

他愛ないやりとりを交わし、少しずつ茅乃との距離を縮めながら決意する。

けれど茅乃に触れて抱いたあと、彼女が初めてだと気づいた。

頻繁に会っていなかったとはいえ、鹿島とは婚約関係にあり、手の早い鹿島が茅乃になにもしていないとは思えない。だから自分の気持ちを先走らせてしまった。

でもそれは全部俺の思い込みで、受け入れてくれる茅乃の優しさにつけ込んだのだと自覚し、自己嫌悪に陥る。

後悔と罪悪感を抱く一方、嫌いな相手でも拒否せずに体を許す茅乃がいじらしくて、腹立たしかった。

大事にして、大切にしたくて結婚したはずなのに――。

昔の夢を見たからか、随分と結婚した当時の記憶に気持ちが引きずられ、無性に茅乃に会いたくなる。

「茅乃？」

リビングには人の気配はない。どこかに出かけているのかと思ったが、それなら寝ていても俺に一声かけるはずだ。

リビングを出て廊下の奥へと突き進む。

ノックはせずにそっとドアを開けると、ピアノの音色が耳に飛び込んでくる。優しくて滑らかなメロディーは何度も聞いたブラームスの子守歌だ。

そっと中に足を踏み入れると、こちらに気づいたのか、音がピタリと止んだ。

「史章さん、体調大丈夫ですか？」

「それはこっちのセリフだ」

心配そうな顔をしている茅乃にすかさず返す。

「ママー。もっとひいて」

「あ、ごめんね」

ところが茅乃の隣にちょこんと腰掛けている娘が頬を膨らませている。

二歳になる娘は、最近自分で鍵盤に触ったり、茅乃に弾くようにせがんだりとピアノに興味津々だ。

「夢乃《ゆめの》。ママをあまり困らせるな」

言いながらふたりに近づくと、茅乃が苦笑した。

「大丈夫ですよ。夢乃も甘えたいのかもしれません」

茅乃は優しく笑って夢乃の頭を撫でる。俺はうしろから娘を抱き上げた。

「少しママを休ませてやれ。代わりにパパが弾いてやるから」

「ほんと？」

目をキラキラさせる夢乃の顔は、茅乃によく似ている。

「ゆめもひく」

「わかった、わかった」

茅乃がそっと立ち上がり、隣にある椅子に移動した。

「嬉しいです。史章さんと夢乃のピアノ、お腹の赤ちゃんと喜んで聞きますね」

そう言って茅乃は愛おしそうに膨らみを帯びた腹部を撫でる。妊娠六ヶ月になり、この前の検診でおそらく男の子だろうと医師に言われた。

またひとり新しい家族が、大切な存在が増える。

諦めて折り合いをつけるだけの人生だったけれど、茅乃に出会えて俺は変わった。

譲れないものができたんだ。

茅乃を愛している。俺がどれほど茅乃を思っているか改めて言葉にして伝えたら、彼女はどんな顔をするだろうか。

はにかみつつ笑ってくれたらいい。

夢乃を膝に乗せ、幸せを感じながら俺は静かに鍵盤に指を滑らせた。

あとがき

はじめましての方も、お久しぶりですの方もこんにちは。

このたびは『私を大嫌いと言った初恋御曹司が、白い結婚なのに最愛妻として蕩かしてきます』をお手に取ってくださり、またここまで読んでくださって本当にありがとうございます。

この話は、ずっと私が書きたいと思っていた物語のひとつでした。お互いに嫌われていると思っているヒーローとヒロインが、「キスをしない」という約束で結婚生活を始め、その中でぎこちなくも少しずつ寄り添い、誤解が解けたらヒーローの溺愛が一気に加速するという（笑）

不器用でぶっきらぼうだけれどヒロインに釣り合うために陰で努力し、どこまでも一途なヒーローと、虐げられながらもヒーローに愛され、愛することで自分の意思をしっかり持ち、成長するヒロインが書けてとても楽しかったです。

あとは読者さまが少しでも楽しんでいただけるのを願うばかりです。

最後になりましたが、書籍化の機会を与えてくださったマーマレード文庫編集部さま。細かい設定などのアドバイスをはじめ、物語がよりよくなるよう寄り添いながら編集作業をしてくださった担当さま。

物語を読み込んでくださり、イメージぴったりで素敵な史章と茅乃を描いてくださった桜之こまこ先生。

他にも校正さま、デザイナーさま、営業さま、印刷会社さま、書店さま。

この本の出版に関わってくださったすべての方々にお礼を申し上げます。

なにより今、このあとがきまで読んでくださっているあなたさま。心から感謝いたします。ありがとうございました。

それではいつかまた、どこかでお会いできることを願って。

黒乃 梓

ファンレターの宛先

マーマレード文庫をお買い上げいただきありがとうございます。
この作品を読んでのご意見・ご感想をお聞かせください。

宛先
〒100-0004　東京都千代田区大手町 1-5-1
大手町ファーストスクエア イーストタワー 19 階
株式会社ハーパーコリンズ・ジャパン　マーマレード文庫編集部
黒乃 梓先生

マーマレード文庫特製壁紙プレゼント!

原・稿・大・募・集

マーマレード文庫では
大人の女性のための恋愛小説を募集しております。

優秀な作品は当社より文庫として刊行いたします。
また、将来性のある方には編集者が担当につき、個別に指導いたします。

募集作品
男女の恋愛が描かれたオリジナルロマンス小説(二次創作は不可)。
商業未発表であれば、同人誌・Web 上で発表済みの作品でも
応募可能です。

応募資格
年齢性別プロアマ問いません。

応募要項
・パソコンもしくはワープロ機器を使用した原稿に限ります。
・原稿はA4判の用紙を横にして、縦書きで40字×32行で130枚〜150枚。
・用紙の1枚目に以下の項目を記入してください。
①作品名（ふりがな）／②作家名（ふりがな）／③本名（ふりがな）
④年齢職業／⑤連絡先（郵便番号・住所・電話番号）／⑥メールアドレス／⑦略歴（他紙応募歴等）／⑧サイトURL（なければ省略）
・用紙の2枚目に800字程度のあらすじを付けてください。
・プリントアウトした作品原稿には必ず通し番号を入れ、
右上をクリップなどで綴じてください。
・商業誌経験のある方は見本誌をお送りいただけるとわかりやすいです。

注意事項
・お送りいただいた原稿は返却いたしません。あらかじめご了承ください。
・応募方法は必ず印刷されたものをお送りください。
CD-Rなどのデータのみの応募はお断りいたします。
・採用された方のみ担当者よりご連絡いたします。選考経過・審査結果についてのお問い合わせには応じられませんのでご了承ください。

m a r m a l a d e b u n k o

応募先
〒100-0004 東京都千代田区大手町1-5-1 大手町ファーストスクエア イーストタワー19階
株式会社ハーパーコリンズ・ジャパン「マーマレード文庫作品募集」係

ご質問はこちらまで E-Mail / marmalade_label@harpercollins.co.jp

マーマレード文庫

私を大嫌いと言った初恋御曹司が、白い結婚なのに最愛妻として蕩かしてきます

2025年2月15日　第1刷発行　定価はカバーに表示してあります

著者　黒乃 梓　©AZUSA KURONO 2025
編集　O2O Book Biz株式会社
発行人　鈴木幸辰
発行所　株式会社ハーパーコリンズ・ジャパン
東京都千代田区大手町1-5-1
電話　04-2951-2000（注文）
0570-008091（読者サービス係）
印刷・製本　中央精版印刷株式会社

Printed in Japan ©K.K. HarperCollins Japan 2025
ISBN-978-4-596-72501-1

※この作品はフィクションであり、実在の人物・団体・事件等とは関係ありません。

m a r m a l a d e b u n k o